GEZÄHMT VON DEN BERSERKERN

EINE GESTALTWANDLER-DREIECKSROMANZE

LEE SAVINO

Übersetzt von
MICHAEL KRUG

KOSTENLOSE NOVELLE

Hol dir ein kostenloses Exemplar von Gezeugt von den Berserkern und Eine Berserker-Geburt, indem du dich für meinen Newsletter anmeldest.

Der dritte Teil von Daegans, Brennas und Samuels Geschichte. Lies den ersten Teil in **Verkauft an die Berserker** *und den zweiten in* **Gepaart mit den Berserkern**. *Diese Novelle ist kostenlos, ein Geschenk.*

https://BookHip.com/PKRMGC

GEZÄHMT VON DEN BERSERKERN

»*Du bist wild und ungehorsam. Eine Bedrohung für dich selbst und alle anderen. Um dein Leben zu retten, müssen wir beweisen, dass du gebunden bist und dich uns vollständig unterworfen hast.*« *Seine Stimme ertönte als kehliges Knurren.*

Ich leckte mir die Lippen. Herausfordernd gab ich zurück: »*Und was, wenn es euch nicht gelingt?*«

Thorsteinn knurrte.

»*Es wird uns gelingen*«*, beteuerte Vik.* »*Ampfer, wir werden dich zähmen.*«

Gezähmt von den Berserkern liest man am besten nach den Reihen *Die Berserker-Saga* und *Die Frauen der Berserker*.

1

Ampfer

Feuerschein fiel flackernd durch die Gitterstäbe meines Käfigs und sprenkelte meine nackten Arme, als ich sie rieb. Der Wind flüsterte und winselte um die felsigen Höhen, fuhr mir durch das Wams und die Hose und zerrte an meinem Haaren wie eine Horde boshafter Dämonen. Mein Käfig schwankte im Wind.

Unten, weit unten, den Weg hinab und abseits des Felsvorsprungs, fachten die Krieger das Lagerfeuer höher und höher an. Riesige Baumstämme wurden geopfert, um es zu nähren. Dutzende Krieger standen um die Flammen, tranken, aßen Fleisch und riefen Aufforderungen, das Feuer immer mehr zu schüren. Sie hatten es angezündet, als ich in den Käfig gesperrt worden war. Eine Folter aus Licht und Wärme, zu weit entfernt, um sie zu spüren.

Zwei Krieger erschienen auf dem Weg. Mein Herz sprang freudig auf, sank jedoch gleich wieder. Es waren nicht meine Krieger. Einer wartete, während der andere das Seil löste und meinen Käfig absenkte. Mit einem Grinsen ließ er los, als das Gebilde noch einen halben Meter über dem Boden schwebte. Der Käfig stürzte das letzte Stück ab und jagte eine Erschütterung durch mich. Ich biss die Zähne zusammen und bewahrte eine ausdruckslose Miene. Die Wachen würden mich nicht duckmäusern sehen.

Einer trat mit dem Stiefel gegen die Gitterstäbe. Die Krieger machten sich an den Riemen zu schaffen, um die Tür zu öffnen. Bevor sie gekommen waren, hatte ich sie schon selbst gelockert, dann jedoch aufgehört. Um zu fliehen, hätte ich aus gewaltiger Höhe springen müssen. Selbst, wenn ich mir dabei keine Knochen gebrochen hätte, ich hätte diesen tückischen Teil des felsigen Bergs hinunterklettern und gleichzeitig den Berserkern entwischen müssen, die mir ans Leder wollten. Den Rufen vom Lagerfeuer zufolge wollten viele Krieger nicht auf den Befehl des Alphas hören, mich bis zum Gerichtsverfahren unversehrt zu lassen. Sie wollten mein Blut.

Im Käfig war ich sicherer. Als die Tür aufklappte und die Krieger zurücktraten, rührte ich mich nicht von der Stelle.

Ein Krieger hockte sich hin und schaute finster zu mir herein.

»Raus«, herrschte er mich an.

Ich kroch aus dem Käfig und überwand mich, die verkrampften Gliedmaßen zu strecken. Selbst stehend reichte ich nicht halb so hoch wie die Berserker. Sie ragten über mir auf und starrten mich wütend an.

»Wer hat ihr die Hose gegeben?«, fragte der Erste.

»Die hatte sie schon an, als wir sie gefunden haben.« Der Zweite legte den Kopf schief und musterte mich.

»Sie kleidet sich wie ein Mann. Das ist unnatürlich«, brummte der Erste und wandte sich ab.

»Hände«, befahl mein zweiter Kerkermeister. Als ich sie hob, brachte er eine Schlaufe um meine Handgelenke an und zog sie straff. Dabei achtete er darauf, mich nicht zu berühren. Sie führten mich vom Käfig auf dem Felsvorsprung den schmalen Bergpfad hinunter zum Lagerfeuer.

Unterwegs kam uns ein dritter Krieger entgegen, bevor wir auf die große Lichtung gelangten. Er versperrte mir den Weg, ragte über mir auf. Ich hielt den Blick auf seine nackte Brust gerichtet und weigerte mich, ihm ins Gesicht zu sehen.

»Ragnar«, sagte einer meiner Aufpasser, aber Ragnar schwenkte die Hand, und er verstummte. Ohne sein Gesicht zu sehen, spürte ich seine gegen mich gerichtete Wut und Abscheu.

»Rosalind ist noch nicht aufgewacht. Die Heilerinnen sagen, sie wacht vielleicht *nie wieder* auf.« Die Stimme des Kriegers wurde noch tiefer, noch kehliger, als er sich zu mir beugte. »Ihre Schwester trauert.«

Ich schloss die Augen und schwankte auf dem Weg. Vor meinem geistigen Auge sah ich Rosalind im Gras liegen, regungslos, als wäre sie tot. Ich brauchte den Krieger nicht, um mir zu sagen, was ich getan hatte. Und für den Rest meines Lebens bedauern würde. Aber hatte ich eine Wahl gehabt?

Ragnar versperrte mir weiterhin den Weg. Der Wind zerrte an meinem Gesicht und meinem Haar. Von hinten hauchten mir meine Bewacher in den Nacken. Wenn meine Wächter entschieden, dass ich auf der Stelle sterben sollte, könnten sie mich einfach von der Felskante werfen. Ich wäre machtlos, könnte sie nicht davon abhalten.

Letztlich richtete sich Ragnar wieder auf. »Die Alphas warten«, verkündete er mit deutlicherer Stimme. »Beeilung.«

Die Wachen hinter mir drängten mich mit ihren Waffen vorwärts.

Als wir den Weg hinuntergingen, zitterten meine Knie vor einer Erleichterung, die ich nicht verdiente. Ich wünschte beinah, ich hätte den Mund aufgemacht und Ragnar angestachelt, bis er mich in den Tod gestoßen hätte. Der Schmerz in meinem Herzen wuchs mit jedem Schritt.

Wir betraten die Lichtung, auf der ein regelrechtes Dickicht von bis an die Zähne bewaffneten Kriegern wartete. Sie knurrten, als ich an ihnen vorbeiging. Ihr Hass schlug mir entgegen wie die Hitze eines tosenden Infernos. Weiter vorn knisterte und knackte das Lagerfeuer. Die Flammen züngelten wie rötliche Krallen in den Nachthimmel.

Weitere Berserker säumten meinen Weg. Diejenigen in Wolfsgestalt knurrten und schnappten nach meinen Beinen. Ich achtete darauf, eine versteinerte Miene zu bewahren, als ich an den muskelbepackten Männern und riesigen Wölfen vorbeiging. Sie würden mich nicht weinen oder vor Angst den Kopf einziehen sehen. Nicht in dieser Nacht.

Mein Fuß verfing sich an einem Stein, und ich stolperte. Einige Krieger schmunzelten.

»Vorsicht«, brummte einer meiner Aufpasser, rührte aber keinen Finger, um mir zu helfen. Endlich erreichten wir das Lagerfeuer und den Platz, an dem man über mich urteilen würde. Ich stieg auf einen langen flachen Stein. Mit erhobenem Kinn hielt ich den Blick auf die Flammen gerichtet.

Auf der anderen Seite des riesigen Feuers reihten sich vier Alphas an großen Felsenbrocken. Zwei standen mit vor der Brust verschränkten Armen da. Einer saß auf einem thronartigen Stein, erhaben wie ein König. Der Feuerschein verlieh seinem Haar den Anschein von Gold. Sobald ich an meinem Platz stand, erhob er sich und breitete die Arme aus. Die Versammelten verstummten.

»Meine Brüder, wir haben uns eingefunden, um über eine ernste Angelegenheit zu urteilen. Vor uns steht die *Holzmouwa* Ampfer, die des Verrats beschuldigt wird.« Er nahm wieder Platz.

»Des Mords«, murmelte jemand. Wahrscheinlich Ragnar.

»Ruhe.« Der tätowierte Alpha knurrte. »Samuel spricht.«

Nach einer Pause fuhr der sitzende Alpha – Samuel – fort. »Wir wissen, was passiert ist, zumindest so gut wir es erahnen können. Vor drei Tagen hat Ampfer die Sicherheit unserer Grenzen verlassen und das vom Totenkönig beherrschte Land betreten. Bei ihr war eine ungepaarte *Holzmouwa* namens Rosalind. Wir wissen nicht, warum sie gegangen sind. Wir wissen nicht, wie sie die dreitägige Reise überleben konnten, obwohl Soldaten des Totenkönigs in dem Gebiet patrouillieren, das sie durchstreift haben.«

»Verräterin«, spie eine Stimme zu meiner Linken hervor. »Sie steckt mit dem Totenkönig unter einer Decke.« Ein Wolf knurrte.

Samuel erhob die Stimme. »Wir wissen, wie der Suchtrupp sie gefunden hat: Ampfer mit einer Steinschleuder und einem Beutel voll Steinen bewaffnet, ihre Freundin von einem Schlag auf den Kopf gefällt auf dem Boden.«

Von den versammelten Kriegern ging ein lautes Raunen aus, das sich mit dem Knurren der Wölfe vermischte.

»Ruhe«, befahl ein anderer Alpha der Menge, und das Gemurmel verstummte.

Samuel fuhr fort. »Wir haben beide gefangen genommen und hierher zurückgebracht. Ampfer ist hier, wie ihr seht. Rosalind liegt wie schlafend da, leidet noch an ihrer Verletzung. Es gibt Anzeichen dafür, dass sie miteinander gerungen haben. Wenn Rosalind stirbt, ist Ampfer des Mordes schuldig.«

Ich ließ die Schultern hängen, konnte nicht länger stolz und aufrecht stehen. Erschöpfung senkte sich auf mich wie ein schweres Gewicht. Ich neigte den Kopf und schloss die Augen.

Die Krieger brüllten um mich herum, forderten lauthals meinen Tod. »Sie ist schuldig. Sie wollte ihre eigene Freundin töten, eine unserer geschätzten *Holzmouwas*. Wir haben sie mit der Waffe über der bewusstlosen Frau stehend gefunden.«

»Warum hat sie den Berg verlassen?«, fragte einer der Alphas. Obwohl er die Stimme nicht erhob, übertönte sie den Lärm der Versammelten.

»Sie will nicht erklären, warum sie und Rosalind das Haus der ungepaarten *Holzmouwas* verlassen haben und vom Berg geflüchtet sind«, sagte Samuel. »Sie will die Fragen der Alphas nicht beantworten. Wir müssen also unsere eigenen Schlüsse ziehen.«

»Sie hat es getan«, brummte jemand neben mir. Vielleicht einer meiner Wächter. »Sie ist schuldig.«

Ein leises Knurren begleitete den Vorwurf. Jäh verstummte es.

»Der Totenkönig wird stärker. Jeden Tag stürmt er gegen unsere Verteidigung an. Wie kann es also sein, dass zwei junge Frauen sowohl uns als auch ihm durch die Finger geschlüpft sind?«

»Ist das nicht klar? Sie war auf dem Weg zum Totenkönig, um uns zu verkaufen.«

»Verrat«, murmelte einer der Krieger.

»Sie steckt mit dem Totenkönig unter einer Decke«, sagte ein anderer und spuckte in meine Richtung aus.

Ich hielt den Mund. In der Hand spürte ich immer noch das Gewicht des Steins, klein, aber tödlich. Ich hörte immer noch das Surren der Schleuder, als ich sie abfeuerte, und ich sah das an Rosalinds Kopf erscheinende Blut, bevor sie fiel. Wieder und wieder lief es in meinem Kopf ab, und es endete immer damit, dass meine Freundin mit blutendem Schädel auf dem Boden lag.

Durch meine Schuld.

»Genug!«, rief Samuel schließlich, und die Krieger verstummten.

»Ampfer von den Berserkern, du wirst für schuldig befunden, das Rudel verraten, dich mit dem Feind verschworen und deine eigene Freundin verletzt zu haben. Hast du etwas zu sagen?«

Ich sparte mir die Mühe, aufzuschauen oder den Kopf zu schütteln. Was ich zu sagen hatte, das hatte ich bereits gesagt. Die Berserker, die mich über Rosalind stehen gefunden hatten, glaubten mir meine fantastische Geschichte nicht. Warum sollte ich sie wiederholen?

Das Alpha ließ die Stille noch ein, zwei Augenblicke anhalten, bevor er fortfuhr. »Na schön. Die Alphas werden sich beraten, um über dein Schicksal zu entscheiden. Bringt sie weg.«

Ein Krieger zog mich mit einem Ruck von meinem Platz und schleifte mich an höhnisch johlenden Berserkern und knurrenden Wölfen vorbei. Wir entfernten uns den Weg entlang ein Stück von den stehenden Steinen zu einer kleinen Lichtung im Wald. Der Schein des großen Feuers erstreckte sich zwischen den Bäumen hindurch und streifte uns mit seinem Licht.

»Hier.« Er zeigte auf den Boden, und mir blieb das Herz stehen.

»Bitte nicht«, wimmerte ich, als er mich zu einer klaffenden Grube schleifte. Davor hatte ich nicht gebettelt, aber das brach mich. »Überall sonst, nur nicht da.« Ich trat aus, verlor das Gleichgewicht und den Halt. Der Krieger würde mich in das tiefe Loch stecken und begraben. Ich würde schreien, mein Mund würde sich mit Erde füllen und nichts würde mich retten, nichts ...

Gebrüll ließ die Blätter um uns herum erzittern. Der Krieger entfernte die Hände von mir und zog seine Waffe.

»Wer ist da?«

Etwas schlich zwischen den Bäumen umher und brachte das Unterholz zum Zittern.

»Zeig dich.« Mein Wächter wirbelte herum, folgte dem Geräusch und hielt sein langes Messer in die Richtung der Bedrohung gezückt. Wieder ertönte Gebrüll. Das Geräusch hallte überall um uns herum wider. Panisch drehte sich der Wächter bald hierin, bald dorthin. Welche große Bestie auch in der Dunkelheit lauerte, sie jagte und spielte mit dem Krieger. Es war meine Gelegenheit zur Flucht.

Ich bewegte mich rückwärts auf den Rand der Lichtung zu und stieß prompt gegen einen großen, harten Körper.

»Sei still«, grollte mir jemand ins Ohr. Eine starke Hand legte sich locker um meinen Hals. Schreck fuhr mir in die Knochen und ließ mich erstarren.

»Zeig dich«, wiederholte der Wächter seine Forderung, ohne zu merken, dass mich jemand festhielt. »Es sei denn, du bist ein Feigling ...«, fügte er hinzu. Kaum hatte er es ausgesprochen, sprang ein riesiger silbriger Wolf aus dem Wald hervor und rammte ihn.

Instinktiv setzte ich mich gegen den Krieger zur Wehr, der mich festhielt, schlug um mich und trat aus. Er hob mich mühelos vom Boden und hielt mich an der Gurgel. Ich kämpfte nur umso wilder. Mein Fluchtbedürfnis überschattete meinen Drang, zu atmen.

Er ließ mich neben einer großen Kiefer zu Boden fallen. Ich krabbelte rückwärts weg, bis ich mit dem Rücken gegen Rinde prallte.

»Was ...« Der Rest der Worte blieb mir im Hals stecken, als ich Thorsteinn erkannte. Blanke Wut stand ihm ins Gesicht geschrieben.

»Sei still«, befahl er. Thorsteinn zog keine Waffe, um mir zu drohen. Das musste er nicht. Seine menschlichen Züge verwandelten sich in die eines Monsters. Alles an seinem gewaltigen Körper und den hellen, wilden Augen verriet mir, dass er kurz davorstand, die Kontrolle zu verlieren.

Vorsichtig schluckte ich, während ich mir mit der Hand den geschundenen Hals rieb. Das Monster legte den Kopf schief, als rechnete es damit, dass ich in Panik geraten oder die Flucht ergreifen würde. Gleich darauf grunzte es und drehte mir den Rücken zu. Der riesige Körper versperrte mir die Sicht auf das vor mir tobende Handgemenge zwischen Wächter und Wolf.

Als mein grausamer Wächter sich davon losriss, ließ der Wolf von ihm ab und schlich mit gesträubtem Nackenfell und gebleckten Zähnen hinter Thorsteinn.

Der zog seine Axt und richtete sie auf den ausgestreckt am Boden liegenden Krieger. »Lass die Finger von ihr.« Seine Stimme ertönte als kehliges Knurren.

Der Wächter erhob sich mit ausgestreckten Händen. »Ich wollte nicht respektlos sein. Ich wusste nicht, dass sie zu euch gehört.«

»Jetzt weißt du es.« Thorsteinn hob die Axt und klatschte sich die Klinge gegen die Handfläche. »Du hast angefasst, was dir nicht gehört. Hast Glück, dass ich dir dafür nicht die Hände nehme.«

Das Knurren des Wolfs grollte über die Lichtung.

»Die Alphas haben angeordnet ...«

»Pfeif auf die Alphas!«, brüllte Thorsteinn laut genug, um die Bäume erzittern zu lassen. »Verschwinde.«

Der Krieger rappelte sich auf, hastete rückwärts davon, bis er beinah ins Gebüsch fiel, dann drehte er sich um und ergriff die Flucht.

Zitternd stand ich hinter Thorsteinn und dem Wolf. Beide schauten zu mir zurück, die Augen leuchtend wie Feuer. Mit einem plötzlichen Windstoß wölbte sich der Rücken des Wolfs. Die Schultern wurden breiter, als sich die zottige Gestalt auf zwei Beine aufrichtete. Der Krieger Vik streckte sich in seine Menschengestalt, verzog das Gesicht zu einer Grimasse und legte den Kopf knackend schief, um eine Verspannung im Hals zu lösen. Als die Verwandlung abgeschlossen war, trug er ein silbernes Wolfsfell um die Schultern, sonst nichts.

Beide drehten sich mir zu. Ich presste mich gegen den Baum hinter mir. Ich hatte mich noch nie vor diesen Kriegern gefürchtet, doch sie waren keine bloßen Männer mehr. Ihre Körper hatten sich in etwas zwischen Menschengestalt und Monster verwandelt. Sie ragten einen Kopf höher auf als ich. Aus ihren Augen leuchtete die Bestie, ihre Finger endeten in gewaltigen Krallen.

»Ampfer«, presste Thorsteinn mit rauer Stimme hervor. Er deutete mit einer Kralle auf den Boden vor ihm. Ich stemmte mich auf die Beine, konnte mich aber nicht weiter rühren.

»Ihr seid zurückgekommen«, flüsterte ich. »Ihr seid meinetwegen zurückgekommen.«

Vik legte den Kopf schief und schnupperte. »Hast du etwas anderes gedacht?«

Nachdem sie mich im Stich gelassen hatten? »Ja.«

»Ampfer«, wiederholte Thorsteinn mit weniger Geduld. »Komm her.«

Aus Gewohnheit straffte ich den Rücken. »Nein.«

»Du willst nicht gehorchen?« Thorsteinns Augen blitzten.

Ich funkelte ihn an.

Viks Lachen durchbrach die angespannte Stille. Ich zuckte bei dem Laut zusammen. Als er auf mich zukam, wirkte er ruhig, und seine Augen leuchteten weniger grell. »Das ist die Ampfer, die ich kenne.« Er zog mich aus meiner starren Haltung und hievte mich mühelos in die Mitte der Lichtung. Dort fuhr er damit fort, mich von Kopf bis Fuß zu untersuchen. Er fuhr mir mit den großen Händen über den Kopf und die Schultern, packte mich an den Armen und strich über meine Hüften und Beine hinab. Auch meine gefesselten Hände hob er an, befreite mich aber nicht.

»Unverletzt?«, brummte Thorsteinn.

Vik grunzte.

Ihr hättet mich auch einfach fragen können. Finster starrte ich Thorsteinn an, doch er reagierte nicht. Angespannt stand er neben uns, die krallenbewehrten Hände zu Fäusten geballt, als hielte er krampfhaft die letzten Reste seiner Kontrolle fest.

Vik untersuchte meine Finger einen nach dem anderen, um sich zu vergewissern, dass ich noch Gefühl darin hatte. Er überprüfte meinen Kopf auf Beulen und sogar meine Ohren.

Als er zufrieden war, trat er von mir zurück und nickte Thorsteinn zu.

Ich leckte mir die Lippen. »Jetzt zufrieden?«

Thorsteinn begegnete meinem Blick. »Nein.« Blitzschnell näherte er sich. Er legte mir die Hand um den Hals und drängte mich gegen einen Baumstamm. Ich starrte ihn an. Meine Füße scharrten über den Boden, fanden keinen Halt. Er hielt mich mit einem eisernen Arm hoch. Seine

Hand umschloss meine Luftröhre, drückte sie aber nicht zu. Mein Atem ging stoßweise, als seine Stirn die meine berührte. Mit knurrender Stimme, die mehr nach Wolf als nach Mensch klang, fragte er: »Warum hast du den Berg verlassen?

»Ich musste es tun ...«

Er knurrte. »Haben wir dir so wenig bedeutet, dass du weglaufen wolltest?«

Vor ihnen weglaufen? Sie hatten mich zuerst verlassen. »Ihr wart verschwunden«, gab ich gereizt zurück. »Ich habe überhaupt nicht an euch gedacht.« Das stimmte nicht, was er sicher wusste. Trotzdem würde ich es bis zum Schluss bestreiten.

»Du lügst.« Thorsteinns Griff verstärkte sich. Seine Augen leuchteten blendend gelb. Fell breitete sich über seinen Arm aus. Er stand kurz vor der Verwandlung.

»Thorsteinn«, rief Vik warnend, und der wütende Krieger ließ mich runter. Meine Beine knickten ein. Ich wäre gefallen, hätte er mich nicht gestützt.

»Ruhig«, murmelte er. Seine Stimme hörte sich klarer an. Ich schluckte und schlug die Augen nieder. Die Bestie war nah.

Ich konnte mich nicht davon abhalten, sie zu reizen. »Was kümmert es dich eigentlich?«

Thorsteinn knurrte und wollte mich wieder packen, aber Vik hielt ihn mit einer Hand davon ab. »Sie zu würgen, zeigt ihr nicht, dass dir etwas an ihr liegt«, sagte er in seinem üblichen halb spöttischen, halb belustigten Ton. Vik wartete Thorsteinns zustimmendes Grunzen ab, bevor er sich mir zudrehte. »Spiel nicht mit uns, Ampfer. Du weißt sehr wohl, dass uns etwas an dir liegt.«

»Ich weiß nur, dass ihr mich im Haus der ungepaarten *Holzmouwas* zurückgelassen habt.« Ich verschränkte die

Arme vor der Brust und starrte zu Boden. »Ich weiß nicht, warum ihr zurückgekommen seid.«

Vik und Thorsteinn wechselten einen Blick. »Wir waren auf Patrouille in der Nähe des Horts des Totenkönigs, als wir erfahren haben, was du getan hast«, schilderte Vik. »Wir sind Tag und Nacht gerannt, um dich vor dem Gerichtsverfahren zu erreichen.«

»Wir konnten es nicht glauben ...«, begann Thorsteinn mit erstickter, kehliger Stimme, bevor er verstummte. Nach mehreren tiefen Atemzügen fuhr er mit normalerer Stimme fort. »Wir konnten die Berichte nicht glauben, die wir gehört haben. Darin hieß es, zwei *Holzmouwas* hätten die Hütte verlassen, in der sie von etlichen Wachen und Magie beschützt wurden, und sie hätten sich über die Grenzen des Bergs hinausgewagt. An den Wachen und Patrouillen vorbeigeschlichen, direkt hinein in feindliches Gebiet.«

»Anscheinend haben wir dir zu gut beigebracht, wie man sich unbemerkt fortbewegt«, murmelte Vik.

»Was hat dich veranlasst, wegzulaufen?«, fragte Thorsteinn knurrend.

Ich biss mir auf die Unterlippe und starrte auf den Boden. Er schüttelte mich am Kragen wie ein Hund einen unartigen Welpen.

»Ampfer?« Vik kauerte sich vor mich. »Antworte uns.«

»Nein«, flüsterte ich. Es drang kaum hörbar über meine Lippen.

»Du *wirst* es uns sagen«, brummte Thorsteinn und schüttelte mich erneut. »Wir werden dich dazu bringen.«

Das konnten sie. Die beiden konnten mich dazu zwingen. Nachdem ich die Geschichte den teilnahmslosen Berserkern vorgetragen hatte, die mich über Rosalind stehen gesehen hatten, wäre es eine Erleichterung, wenn man mir tatsächlich zuhörte. Allerdings konnte ich nicht mit allem herausrücken – es wäre zu gewagt. Das konnte ich Rosalind nicht antun. Ich hatte sie vielleicht getötet. Ich konnte nicht auch noch ihren Namen in den Dreck ziehen, indem ich alles darüber verriet, wie sie das Rudel verraten hatte. Nicht einmal, wenn es stimmte.

»Ich bin gegangen, weil Rosalind es getan hat«, platzte ich heraus und verstummte, um abzuwarten, wie sie reagierten.

»Rosalind ist zuerst gegangen?« Vik legte den Kopf schief. Die Gesichter beider Krieger wirkten ausdruckslos.

»Ja. Sie ist mitten in der Nacht aufgebrochen, und ich bin ihr gefolgt.«

»Sie ist gegangen«, wiederholte Vik. Er und Thorsteinn wechselten einen Blick. Ich konnte die Zweifel in ihren Augen sehen.

Wut durchzuckte mich. »Warum soll ich euch überhaupt etwas sagen«, zischte ich, »wenn ihr mir ohnehin nicht glauben wollt?«

»Rosalind war mit ihrer Schwester Espe in der Hütte. Es heißt, sie und Espe stehen sich nah. Warum also hat sie ihre Schwester für ein dummes Unterfangen zurückgelassen?«

»Das weiß ich nicht.« Ich erschlaffte ein wenig. »Ich habe sie nicht gefragt.« Dafür war ich zu beschäftigt damit gewesen, uns am Leben zu erhalten.

»Du hingegen hast offen davon gesprochen, weggehen zu wollen. Davon, dich in die Wildnis durchzuschlagen, um als Jägerin zu leben. Das war sogar schon dein Plan, als du noch im Kloster warst.« Thorsteinn stupste mich. »Ist es nicht so?«

»Das stimmt«, gab ich flüsternd zu. Alles an mir sprach dagegen, wie es sich tatsächlich zugetragen hatte. Kein Wunder, dass alle dachten, ich würde lügen.

Ich hatte gehofft, Thorsteinn und Vik würden zumindest

versuchen, mir zu glauben. Aber vielleicht wäre es einfacher, wenn sie es nicht taten. So könnte ich Rosalind schützen und das Geheimnis darüber bewahren, was sie getan hatte.

»Du bist ihr also drei Tage lang vom Berg gefolgt. Warum hast du sie letztlich geschlagen?« Thorsteinn schüttelte mich, als ich schwieg. »Antworte mir!«

»Thorsteinn«, warnte Vik, und der wutentbrannte Krieger ließ von mir ab. Ich sackte nach vorn in Viks Arme.

»Ampfer ...«, begann er.

Am Eingang zur Lichtung knackte ein Zweig. Thorsteinn wirbelte mit Gebrüll herum.

Ragnar tauchte zwischen den hohen Kiefern auf, die Hände erhoben, um zu zeigen, dass er unbewaffnet war. »Die Alphas empfangen euch jetzt. Sie sind bereit, ein Urteil zu fällen.«

Thorsteinn knurrte. Vik richtete sich auf und legte stützend eine Hand auf meinen Rücken. »Wir kommen. Sag den Alphas, wir bringen sie mit.«

Ragnar nickte und verschmolz mit den Schatten.

Thorsteinn sank vor mir auf die Knie. Er hob mein Kinn mit einem klauenbewehrten Finger an.

»Du wirst nichts sagen und nichts tun. Sieh niemanden an. Hast du verstanden?« Als ich ihn nur anstarrte, waberten seine Gesichtszüge unter der Kraft der Verwandlung. »Du wirst dich uns unterwerfen. Sag es. Versprich, dass du dich unterwirfst.«

»Ampfer«, sagte Vik geduldiger. »Hier geht es um Leben oder Tod. Das Rudel lechzt nach deinem Blut. Du musst tun, was wir sagen, nicht mehr und nicht weniger. Wenn nicht« – er warf seinem vor Wut schäumenden Kriegerbruder einen belustigten Blick zu – »verwandelt sich Thorsteinn in die Bestie und fordert alle Alphas heraus. Dann ist alles verloren.«

»Versprich es«, verlangte Thorsteinn barsch.

Ich schaute von Krieger zu Krieger. So vertraute Gesichter, die plötzlich so fremd wirkten.

»Ich verspreche es.«

Ein verhaltenes Lächeln spielte um Viks Lippen. »Braves Mädchen.« In seinen Augen blitzte sein üblicher Humor auf.

Thorsteinn starrte mich immer noch an, als wäre ich ein Feind. Mit einem Grunzen erhob er sich und setzte sich in Bewegung. Vik trat hinter mich und schob mich mit den Händen auf meinen Schultern vorwärts. Ich ging bereitwillig, bis wir den Rand des Feuers und die Schar der wütenden Krieger erreichten.

»Sieh niemanden außer Thorsteinn und mir an«, erinnerte mich Vik. Ich heftete den Blick auf Thorsteinns Stiefel. Es war lange her, dass ich zuletzt so tun musste, als wäre ich gefügig. Darin war ich noch nie gut gewesen.

»Mörderin«, zischte ein Krieger, und ich zuckte zusammen. Vik knurrte ihn an.

Als wir die Alphas erreichten, wollte ich zum Strafstein gehen, doch Vik hielt mich mit den Händen auf meinen Schultern zurück. Thorsteinn stand vor mir, Vik hinter mir. Zusammen schirmten sie mich bestmöglich vor den Blicken des Rudels ab.

»Thorsteinn, Vik«, begrüßte sie der oberste Alpha. »Ihr seid zurückgekehrt.«

»Gerade rechtzeitig«, murmelte der tätowierte Alpha.

»Wo seid ihr gewesen?«, fragte ein anderer Alpha.

»Auf Patrouille, und wir sind weit gereist, fast bis zum Hort des Totenkönigs. Wir haben Tage damit verbracht, uns dem Zugriff des Feinds zu entziehen, während wir spioniert haben«, antwortete Vik.

»Warum habt ihr eine so gefährliche Mission angenommen und die Frau zurücklassen, auf die ihr Anspruch erhoben habt?« Samuels Augen leuchteten.

Thorsteinn zuckte mit den Schultern. »Wir sind erfahrene Kundschafter, zu wertvoll, um zu Hause zu bleiben. Deshalb sind wir beide gegangen.«

»Und die angeklagte *Holzmouwa* ist eure Gefährtin?«

Viks Hände drückten meine Schultern. Ich verstand die beruhigende Geste nicht, bis Thorsteinn verkündete: »Nein.«

Lautes Gemurmel erhob sich von der wartenden Menge. Die Krieger raunten, protestierten, riefen nach meinem Blut.

»Ruhe!«, brüllte einer der Alphas wiederholt. »Ruhe!«

Ich stand unter dem Gewicht von Viks Händen wie versteinert da. Thorsteinn starrte geradeaus, die Züge streng und unnachgiebig wie der Fels des Bergs. Ich wünschte, er würde mich ansehen.

Wieder drückte Vik meine Schultern.

»Erklär uns das«, verlangte der Alpha namens Samuel. »Ihr habt vor dem Rudel Anspruch auf diese *Holzmouwa* erhoben und gelobt, sie vor allem Unheil zu bewahren. Warum sagst du, dass sie nicht eure Gefährtin ist?«

»Weil es wahr ist. Wir haben Anspruch auf sie erhoben und gehofft, die Bindung würde sich bilden. Aber das hat sie nicht. Also haben wir sie in der Hütte der ungepaarten *Holzmouwas* zurückgelassen und sind auf Patrouille gegangen. Es war klar, dass sich keine Bindung eingestellt hatte. Und jetzt wissen wir es mit Sicherheit. Ampfer hatte von Anfang an geplant, zu entkommen. Sie hat so getan, als stünde sie uns nah, damit sie uns vertrauen. Aber sobald sie konnte, ist sie geflüchtet. Wir glauben, dass sie Rosalind überredet hat, sich ihr anzuschließen, sich aber am Ende mit ihr zerstritten hat. Vielleicht wollte Rosalind umkehren, und Ampfer war anderer Meinung. Der Streit ist ausgeartet und wurde gewalttätig. Vielleicht wussten sie, dass die Berserker ihnen auf den Fersen waren. Vielleicht wurde Ampfer verzweifelt und hat Rosalind deshalb niederge-streckt.«

Thorsteinns Geschichte traf mich wie ein Schlag. Also war kein einziges Wort von meiner Fassung der Geschichte zu ihnen durchgedrungen. Sie glaubten mir nicht. Ich schwankte auf den Beinen und wäre wohl gefallen, hätte Vik den Griff um meine Schultern nicht verstärkt. Die Krieger um mich herum brummten und schlugen auf ihre Schilde, verlangten meine Bestrafung und meinem Tod. Thorsteinn schaute nie auch nur in meine Richtung.

Warum sagst du das?, hätte ich am liebsten geschrien. Von allen Berserkern hätte ich gerade bei Thorsteinn und Vik gedacht, sie würden nicht das Schlimmste von mir annehmen. *Wenn sie mir nicht glauben, wer soll es dann?*

»Wir haben gewusst, dass irgendetwas nicht stimmt. Aber wir haben nicht geahnt, welches Ausmaß ihre Pläne hatten«, fügte Vik hinzu.

»Ampfer ist nie eine Bindung mit uns eingegangen. Wir haben getan, was wir konnten, aber sie hat uns nie wirklich gehört. Deshalb haben wir sie in die Hütte der ungepaarten *Holzmouwas* geschickt, bevor wir zur Patrouille aufgebrochen sind.« Thorsteinn drehte den Kopf und sah mir mit erschreckender Endgültigkeit in die Augen. »Ampfer war nie unsere Gefährtin.«

∾

Ich kann mich nicht erinnern, was genau danach geschehen ist. Die Krieger brüllten, die Alphas konnten die Ordnung nicht aufrechterhalten. Rauch stieg auf und erstickte mich, bis ich husten musste und wackelig auf den Beinen wurde. Meine Augen brannten, die Welt wurde grau. Ich konnte die große Gestalt von Thorsteinn mit den breiten, vor der tätowierten Brust verschränkten Armen nicht mehr sehen. Auch nicht Vik, der sich zuvor ohne jede Spur seiner sonst so guten Laune den Bart gerieben hatte.

Nie unsere Gefährtin. Nie unsere Gefährtin. Das Echo stieg mit den höllengleichen Flammen auf, übertönte alles andere und versetzte mir einen schmerzhaften Stich in der Brust. Ich schnappte unter den Qualen nach Luft.

»Bringt sie weg. Haltet sie bis zur Urteilsverkündung fest«, befahl einer der Alphas. Jemand ergriff das Seil, das meine Arme fesselte, und zog mich mit sich. Die wütenden Stimmen verblassten, als ich von der Lichtung gezerrt wurde. Ich taumelte, und eine Hand legte sich auf meine Seite.

»Ruhig«, murmelte eine tiefe Stimme. Vik. Ich zuckte zurück, weg von ihm. Mein Körper und meine Seele tobten vor Schmerz, wurden zerfetzt davon, was sie gesagt hatten. All die Zeit in unserem gemeinsamen Zuhause. All die süßen Augenblicke, die ich mit ihnen hatte. All das Vertrauen, das ich ihnen geschenkt, all die Teile meines Herzens, die ich ihnen geopfert hatte. Mit einer einzigen kurzen Ansprache wurde alles zerstört, was wir einander gegeben hatten.

Ihr habt zu ihnen gesagt, dass wir nicht gepaart sind, wollte ich schreien. *Warum habt ihr gelogen?*

»Ampfer ...«, begann Vik, aber Thorsteinn hob die Hand und ließ ihn verstummen. »Nicht hier.« Thorsteinn zog am Seil, das meine Hände fesselte. »Komm«, forderte er mich auf. Ich aber stemmte die Füße in den Boden und starrte ihn finster an.

»Ampfer.« Thorsteinn sprach meinen Namen mit einem völlig anderen Ton aus als Vik. Der grauäugige Krieger erwiderte meinen bösen Blick, die Lippen fest zusammengepresst, die buschigen Brauen zusammengezogen. »Du wirst gehorchen«, sagte er knurrend.

Nein. Ich musste es nicht laut aussprechen, damit er meine Antwort hörte. Macht strömte in Thorsteinns stechenden Blick und verfestigte sich, ließ seine Augen golden leuchten. Neben uns seufzte Vik und verschränkte die Arme vor der Brust.

Eine lange Pause entstand. Mir drehte sich zwar der Magen um, trotzdem gab ich nicht nach. Sie wussten, wie stur ich war. Vermutlich war es nicht klug, diese Krieger zu reizen. Aber wann hatte mich das je davon abgehalten?

Thorsteinn straffte die Schultern. »Na schön«, presste er heraus. Immer noch leuchteten seine Augen unheimlich. »Dann eben auf die harte Tour.«

Ich trat zurück, als er sich mir näherte. Allerdings kam ich nicht weit, bevor ich hochgehoben und über seine Schulter geworfen wurde. Der Bauch wurde mir in Richtung Hals gedrückt, die Haaren hingen mir ins Gesicht. Thorsteinn klatschte mir mit der Hand auf den Hintern und verstärkte den Griff um meine Beine. Treten konnte ich dadurch nicht. Und ein Schlag auf seinen Rücken hätte etwa so viel bewirkt wie ein Kieselstein an einer Felswand. Ich krallte die Hände in sein Wams, klammerte mich daran fest, als er den Weg hinunterging.

Als ich den Kopf hob, hatte Vik eine Hand über den Mund gehoben, als striche er seinen Bart glatt. Um die Augen hatte er Fältchen, als verbärge er ein Lächeln. Als er die Hand sinken ließ, schaute er zwar ernst drein, zwinkerte mir aber zu.

Thorsteinn beschleunigte die Schritte. Dunkelheit senkte sich über uns, als die Krieger den Pfad verließen und in den Wald bogen, den Weg zwischen den Bäumen hindurch fortsetzten.

Ich war müde und benommen, als Thorsteinn mich am Fuß des riesigen Baums absetzte, der unser Zuhause beherbergte. *Ihr Zuhause*, berichtigte ich mich in Gedanken. Wenn ich nicht ihre Gefährtin war, dann war ich auch nicht mehr willkommen.

Ich kauerte auf dem Boden, als Vik die Sprossen hinaufkletterte und das Seil herunterwarf. Thorsteinn befestigte das Seil an dem Korb, den ich seit meinem ersten Anblick des Baums nicht mehr gesehen hatte.

~

Davor

»Was ist das für ein Ort?«, fragte ich.

Vik grinste. Weiße Zähne blitzten auf. »Wir nennen ihn ›Yggdrasil‹. Den Baum, der die Welten trägt.«

Mit zusammengekniffenen Augen betrachtete ich die riesige Esche. Das Blätterdach erstreckte sich weiter als das Dach des größten Gebäudes, das ich je gesehen hatte.

»Er scherzt.« Thorsteinn schüttelte den Kopf. Ich hatte mich bereits an ihren Takt gewöhnt. Vik scherzte, Thorsteinn tat so, als störte es ihn und verbarg sein Lächeln. »Der wahre ›Yggdrasil‹ ist der Baum des Lebens oder Weltenbaum. Er beherbergt die neun Welten, darunter Asgard, die Heimat der Götter.«

»Es gibt nur einen Gott«, stellte ich unwillkürlich richtig. Prompt klatschte ich mir die Hand auf den Mund, entsetzt darüber, dass die Lehren der Nonnen ungebeten aus meinem Mund sprudelten.

»Wirklich?« Vik legte den Kopf schief. »Das glaubst du?«

Ich schluckte. Sowohl Vik als auch Thorsteinn beobachteten mich eingehend, als interessierte sie aufrichtig, was ich zu sagen hatte. Es war dumm, nach allem, was wir durchgemacht hatten, mit diesen Kriegern zu streiten. Aber ich war noch nie gut darin gewesen, meine Gedanken für mich zu behalten. Die Narben auf meinem Rücken bewiesen es.

»Ich weiß nicht, was ich glaube.«

Die Krieger zuckten mit den Schultern und wandten sich wieder ihrer Aufgabe zu. Die bestand darin, eine Art Seilzug über einen der hohen Äste zu spannen. Außerdem hatten sie Brettersprossen an den Stamm des Baums genagelt. Thorsteinn kletterte hinauf und befestigte das Seil an einem von den Blättern verdeckten Korb.

Wind setzte ein, und der Baum schüttelte seinen grünen Kopf. Das Blätterdach raschelte wie die Flügelschläge Tausender Vögel. Hoch über uns bildeten zwischen den dicksten Ästen frisch angefertigte Bretter eine Plattform. Als ich zurücktrat, geriet der Rest des Gebildes in Sicht – ein Haus aus Holz und Stroh, festgezurrt an dem lebenden Baum.

Als ich zurückdachte, fiel mir auf, dass ich Sägespäne auf dem Weg zur Esche bemerkt hatte.

»Habt ihr das gebaut?« Ich zeigte hin.

Vik nickte. »Gefällt es dir?« Er ergriff eine Handvoll meines Haars und zupfte verspielt daran. »Wir dachten, es würde dir gefallen, kleines Eichhörnchen.«

Ich schlug nach ihm, und er lachte. Vermutlich sollte ich mich bei meinen Entführern nicht so wohlfühlen. Aber es fiel leicht, mit Vik zu reden, leicht, ihn zu mögen.

»Ich bin kein Eichhörnchen«, murmelte ich.

»Und doch scheinst du immer wieder auf Bäume zu klettern«, erwiderte er belustigt.

Thorsteinn sprang mit dem Korb in den Armen herab. Der Korb erwies sich als breit und tief, groß genug für einen kleinen Körper. Einen Körper wie meinen.

»Bitte ...« Ich wich zurück und blieb stehen, als ich gegen Viks Beine stieß. Dann schaute ich auf. »Muss ich in den Korb? Könnt ihr mir nicht stattdessen das Klettern beibringen?«

»Du willst klettern?«, fragte Thorsteinn. Von den beiden Kriegern schüchterte er mich am ehesten ein, aber im Augenblick klang seine Stimme sanft. Er hockte sich vor mich. Der Mann war so groß, dass unsere Köpfe trotzdem beinah auf selber Höhe waren. Ausnahmsweise schaute er mit seinen ernsten, grauen Augen leicht zu mir auf.

Ich nickte.

»Na schön, kleine Kriegerin. Du darfst klettern, wenn du es langsam angehst und Anweisungen befolgst. Und ...« Er streckte die Hand aus, und Vik reichte ihm ein freies Seil. »Du musst ein Geschirr tragen. Wir haben es zu weit geschafft und zu viel durchgemacht, um zu riskieren, dass du jetzt abstürzt.«

Wieder nickte ich und widerstand dem Drang, mich zu winden oder mir das Bein zu reiben. Es war verheilt. Die Haut wies keine Narben auf, keinen Makel. Aber ich erinnerte mich noch an das Knirschen des Knochens, an den blendenden Schmerz und an das helle Blut, das meinen Oberschenkel hinabgelaufen war.

Vik räusperte sich, und mir wurde bewusst, dass ich die Hand an die Schulter gehoben hatte, wo ich unterbewusst die gezeichnete Haut rieb.

Thorsteinn runzelte die Stirn. Er hob mein notdürftiges Wams an, um die Stelle zu untersuchen, die ich rieb. »Tut es noch weh?«

*Die Bissspuren an meinem Hals pochten bei der Frage –
empfindlich, aber nicht schmerzhaft. Thorsteinn untersuchte das
Mal, die glatte, verheilte Haut. Nur eine rot glänzende Strieme
zeugte von der Wildheit der beiden Krieger. »Nein.«*

*Thorsteinn und Vik wechselten einen Blick. Eine lange Pause
entstand, während der sie sich schweigend zu verständigen
schienen.*

Schließlich erhob sich Thorsteinn.

*»Wir bringen dir das Klettern bei. Zuerst das Seil.« Er
wickelte das lange Seil um mich, schlang es um meine Taille,
meine Schultern und meine Beine. Ich hielt still, atemlos durch
seine Berührung. Als er fertig war, leuchteten seine Augen golden.
Auch ich wirkte mich auf ihn aus.*

*Vik kam zu uns, fuhr mit den Händen über meinen Körper,
prüfte den Sitz des Seils.*

*»Du folgst unserem Beispiel und tust, was wir dir sagen«,
belehrte mich Thorsteinn. Er erteilte oft die Befehle, während Vik
die Witze riss.*

*Und wie zu beweisen: Während Thorsteinn die Knoten stirn-
runzelnd betrachtete, sah Vik mir in die Augen und zwinkerte
mir zu.*

Ich unterdrückte ein Kichern, als sich Thorsteinn aufrichtete.

»Versprich es, Ampfer.«

»Ich werde brav sein. Versprochen.«

*»Braves Mädchen.« Sein mildes Lob linderte meine Nerven-
anspannung.*

*Wir drehten uns dem Baum zu. Vik kletterte die ersten
Sprossen hinauf und zeigte darauf, während ich zuschaute. Der
bärtige Krieger wirkte durch und durch ernst.*

*Thorsteinns Hände ruhten um meine Taille und hielten mich
zurück, bis Vik seinen Anweisungen beendet hatte.*

»Bereit?« Sein Atem fuhr mir durch das Haar.

Ich schluckte. Seit mittlerweile Tagen reise ich mit diesen

Kriegern. Wir waren marschiert und hatten uns vor unseren Feinden versteckt, waren geflohen und hatten das Lager in dunklen Unterschlüpfen aufgeschlagen. Wir hatten viele Gefahren durchgemacht und fast nicht überlebt. Sie hatten mich gefangen genommen und aus meinem Zuhause entführt, aber sie sorgten für meine Sicherheit.

Mittlerweile befanden wir uns wohlbehalten im Gebiet der Berserker, dennoch gab es keine Anzeichen dafür, dass sie mich gehen lassen würden. Und ein Teil von mir wollte das auch nicht. Mit ihnen hatte ich mehr Freiheit als je zuvor erfahren. Sie mochten meine Entführer sein, aber sie behandelten mich wie eine Gleichberechtigte, eine Schwester, eine Freundin.

Ich verstand selbst nicht, was ich für sie empfand.

»Ich bin bereit.« Nachdem ich die Hände auf die Sprossen über meinem Kopf gelegt hatte, wartete ich darauf, dass Thorsteinn mich hochhob.

»Mach langsam. Warte auf Vik«, belehrte er mich weiter.

»Mach ich.« Je weniger ich widersprach, je mehr ich gehorchte, desto mehr Unabhängigkeit gestanden sie mir zu.

»Braves Mädchen.« Er hob mich in Position. Ich klammerte mich an den Baumstamm, presste mich an die Rinde und packte die Auftritte wie ein Eichhörnchen.

»Ampfer«, rief Thorsteinn. Ich drehte mich um und sah ein seltenes Lächeln in seinem Gesicht. Ausnahmsweise hatte er den strengen Blick abgelegt. Seine glückliche Miene bewirkte in meinem Innersten Dinge, über die ich nicht nachdenken wollte. »Willkommen in deinem neuen Zuhause.«

Jetzt

ICH SCHÜTTELTE vor Thorsteinn den Kopf, als er sich mit dem Korb näherte. »Ich will wieder hochklettern wie früher.«

Thorsteinn musterte mich. »Versprichst du, meinen Befehlen zu gehorchen? Und von jetzt an zu tun, was wir sagen?«

Zur Antwort starre ich ihn nur finster an. Ich sollte es ihnen einfach versprechen, und damit hätte es sich. Aber wenn sie mich verstießen, was sollten wir dann für ein Leben zusammen haben?

»Na schön.« Knurrend verfrachtete Thorsteinn mich in den Korb. Ich warf mich herum, doch als ich es auf die Beine geschafft hatte, befand ich mich bereits in der Luft.

Man traute mir also keinen Aufstieg zu, den ich schon viele Male bewältigt hatte. Ich starrte auf das Binsengeflecht und fragte mich, was sie tun würden, wenn ich mich über den Rand hievte und zu Boden spränge. Wahrscheinlich würden sie mich dort mit gebrochenen Knochen über Nacht liegen lassen.

So viel hatte sich geändert ...

»Wir sind da.« Vik beugte sich über mich und führte den Korb auf eine stabile Holzleiste. Er war vorausgeklettert, während Thorsteinn mich hochgezogen hatte. Ich spähte über die Seite des Korbs zu dem Krieger, der weit unten das Seil hielt. Als der Korb hoch oben im Baum gesichert war, half Vik mir nach draußen. »Eins nach dem anderen.« Sein Messer blitzte auf, und meine Fesseln fielen von mir ab.

Ich rieb mir die wunden Handgelenke, als Vik das Seil beiseite warf.

»Lass mich sehen.« Er hob mein Handgelenk an und verzog beim Anblick der rau gescheuerten Haut das Gesicht. »Das wird verheilen.« Durch die Paarungsbindung teilte ich die Heilkraft der Berserker.

Ich starrte auf die rohen Wunden. Zuerst verleugneten sie unsere Bindung, dann erwarteten sie, dass sie mich heilen würde.

Als könnte Vik meine Gedanken lesen, klemmte er mir eine Haarsträhne hinters Ohr. »Die Bindung hat schon einmal funktioniert.«

Ich nahm ein Zwacken an der Stelle zwischen meiner Schulter und meinem Hals wahr und legte die Hand darauf.

»Welche Bindung?«, fragte ich barsch. »Du hast Thorsteinn doch gehört. Es gibt keine.«

Vik runzelte die Stirn. »Thorsteinn hat das aus einem bestimmten Grund gesagt.«

»Aus welchem Grund?«

»Das erklären wir dir schon noch«, dröhnte Thorsteinns Stimme durch das Baumhaus. Er zog sich auf die Plattform hoch und holte das Seil hinter sich ein. »Aber zuerst musst du unsere Fragen beantworten.«

Er kam auf mich zu, und mein Herz schlug schneller. Ich hatte keine Angst vor ihm – die hatte ich noch nie. Trotzdem wich mein Körper unwillkürlich vor ihm zurück, verfiel in seine alte Rolle. Er verkörperte das Raubtier, ich die Beute.

»Warum bist weggelaufen, Ampfer?«

Ich presste die Lippen zusammen. Thorsteinns Augen funkelten.

»Warum wolltest du den Berg verlassen? Welchen Grund könntest du dafür gehabt haben?«

Ich schaute zu Vik und hoffte, er würde mich verteidigen. Aber der bärtige Krieger hielt sich mit unergründlicher Miene zurück, die Arme vor der Brust verschränkt. Sein Kriegerbruder pflügte weiter.

»Hast du eine Ahnung, wie es sich angefühlt hat, zu erfahren, dass du geflüchtet bist?« In der Dunkelheit unseres früheren Zuhauses konnte ich Thorsteinns Gesichtsausdruck nicht erkennen, aber die Wut in seinem Ton ließ sich nicht überhören. »Zu erfahren, dass du den Berg verlassen hattest? Die Grenzen überschritten hattest, hinter denen du in Sicherheit warst? Nach allem, was wir dir gegeben hatten. Nach allem, was wir getan hatten. Weißt du, wie sich das anfühlt?« Er kam auf mich zu. Die Bodenbretter erzitterten unter seinen stampfenden Schritten, bis er vor mir aufragte. »Wie sich das Wissen anfühlt, dass die Frau, für die man gekämpft und gesorgt hat, die man verhätschelt hat, auf die man Anspruch erhoben hat – dass diese Frau auf einmal ihren Schutz ablehnt und in die Arme des Feinds läuft?«

Ich hätte den Kopf einziehen sollen. Hätte mich fürchten sollen. Aber ich hatte mich nie vor diesen Kriegern gefürchtet – von Anfang an nicht. Und ich würde nicht damit beginnen.

»Ihr habt mich verlassen!«, brüllte ich und sprang auf. Ich war einen guten Kopf kürzer als er, aber ich richtete mich auf, holte den letzten Fingerbreit aus meiner Größe heraus, ballte die Hände zu Fäusten und fauchte ihm ins Gesicht. »Ihr habt mich ins Haus der ungepaarten *Holzmouwas* zurückgebracht.«

»Wir hatten eine Mission«, gab Thorsteinn barsch zurück. »Wir haben dich an einen Ort geschickt, an dem du in Sicherheit gewesen wärst. Und dann haben wir erfahren, dass du die Hütte verlassen hattest. Nicht nur die Hütte, auch den Berg! Du hast dich an Patrouillen vorbeigeschlichen und bist unbekümmert in feindliches Gebiet gerannt.« Thorsteinn fuhr sich mit einer Hand durchs Haar und packte den Ansatz seines Zopfs, eine mir wohlbekannte Geste. Er zupfte oft an seinem Zopf, wenn er verärgert über mich war. »Wie weit wolltest du weglaufen, Ampfer? Wie lang hätte es wohl gedauert, bis der Feind dich gefunden und getötet hätte?« Sein Gebrüll erschütterte die Wände. Sein Atem wehte mir die Haare zurück, aber ich hielt dem Ansturm stand. »Du hättest da draußen sterben können!«, tobte er und lief rastlos auf und ab. Hinter ihm strich sich Vik über den Bart.

Ich schnaubte höhnisch. Als ob sie sich um mich gesorgt hätten. »Tut nicht so, als würde ich euch etwas bedeuten. Nicht, nachdem ihr mich verlassen habt.«

»Und ob du uns etwas bedeutest«, widersprach Vik. »Wir sind von unserem Posten beim Auskundschaften des feindlichen Horts hierher zurückgerannt. Und haben dich vor Gericht gestellt vorgefunden, während das Rudel nach deinem Blut verlangt hat.«

Mir stieg ein Kloß in den Hals. Ich wusste, dass ihnen etwas an mir lag. Aber sie hatten eine Mission tief im Gebiet des Totenkönigs übernommen. Ich hatte sie angefleht, mich mitzunehmen, trotzdem hatten sie mich in der Hütte der ungepaarten *Holzmouwas* zurückgelassen. Zuerst dachte ich, sie würden zurückkommen. Aber die Monde vergingen, und letztlich wurde mir klar, dass sie mich nicht länger als Gefährtin haben wollten. Dachte ich jedenfalls ...

»Monate haben wir an deiner Seite verbracht. Haben uns Zeit genommen und dich gelehrt, uns zu vertrauen. Und dann zahlst du es uns zurück, indem du wegläufst. Sag, Ampfer ...« Thorsteinn krallte die Faust in mein kurzes Haar und zog meinen Kopf zurück. »Wolltest du uns zum Narren halten? Abwarten, unser Vertrauen gewinnen ... Hast du die ganze Zeit darauf gelauert, wegzulaufen?«

Erst wallte Hitze durch meinen Körper, dann Kälte. Sie glaubten mir nicht. Das tat niemand. Aber auch, wenn alle nur das Schlechteste von mir dachten, Thorsteinns und

Viks Misstrauen fühlte sich am schlimmsten an. Wie ein Verrat.

Ich würde nie wieder jemandem vertrauen.

»Hast du alles nur getan, um uns hinters Licht zu führen?« Thorsteinn verstärkte den Griff um mein Haar, bis mir das Brennen an der Kopfhaut Tränen in die Augen trieb. Aber ich würde sie nicht fließen lassen. »Antworte mir.«

»Lass mich los«, verlangte ich knurrend. Die Berserker konnten nicht als Einzige knurren. »Ihr habt mir gar nichts zu sagen. Ihr habt mich vor dem versammelten Rudel verstoßen.« *Habt schreckliche Geschichten erfunden. Mich in ein schlechtes Licht gerückt.*

»Um dein Leben zu retten, Mädchen«, ergriff Vik das Wort. »Das war ein Teil unseres Plans.«

»Wie meinst du das?«

Thorsteinn hob die Hand, um Vik am Antworten zu hindern. »Du stellst hier keine Fragen. Nicht, bevor du uns den wahren Grund für deine Flucht erklärt hast.«

»Das habe ich euch schon gesagt. Ich bin Rosalind gefolgt«, erwiderte ich mit dem Wissen, dass sie mir nicht glauben würden.

»Wie hast du es vom Berg geschafft?«

»Dank der Ausbildung durch euch. Ich bin Rosalinds Spuren gefolgt. Es waren ein paar Krieger auf Patrouille, aber es war einfach, es an ihnen vorbei zu schaffen.«

»Wie ist Rosalind an ihnen vorbeigekommen, wenn sie nicht bei dir war?«

»Das weiß ich nicht.« Ich hatte eine Vermutung, aber darüber zu sprechen, würde Rosalind als Verräterin enttarnen. Und ich war keine Petze. Sogar, wenn ich von den Nonnen geschlagen worden war, hatte ich nie meine Freundinnen verpetzt.

»Ampfer ...« Thorsteinn knurrte.

»Was kümmert es euch überhaupt?«, platzte ich heraus. »Ihr habt ja bereits für euch entschieden, was passiert sein muss. Ihr habt den Alphas erzählt, ich hätte die ganze Zeit Pläne geschmiedet. Ihr glaubt, ich hätte es getan.«

»Wir mussten ihnen sagen, dass ...«, begann Vik, aber Thorsteinn brachte ihn mit einer Handbewegung abrupt zum Schweigen.

»Wir haben gesagt, was wir sagen mussten, um dich zu retten«, erklärte Thorsteinn mit rauer Stimme.

»Ihr hättet mich einfach in Ruhe lassen sollen.« Zornig starrte ich auf den Boden.

»Dir wäre lieber gewesen, wir hätten dich der Gnade des Rudels überlassen? Dann hätte es *keine* Gnade für dich gegeben. Wir waren deine einzige Hoffnung.«

Ich schnaubte trotzig, obwohl mein Mut sank. Es stimmte. Das Rudel hasste mich. Wenn die *Holzmouwas*, meine Freundinnen aus dem Waisenhaus, erfuhren, was ich Rosalind angetan hatte, würden auch sie mich hassen. Diese beiden Krieger waren alles, was ich noch hatte.

Und sie hatten mich den Wölfen zum Fraß vorgeworfen.

Vik und Thorsteinn ließen mich auf den Bodenbrettern kauern, als sie ein Feuer in einem großen, behauenen Stein entfachten, den sie für diesen Zweck in den Baum gehievt hatten. Als sich Rauch von den kleinen Flammen kräuselte, hockte sich Thorsteinn dicht vor mich hin.

»Wegen der Geschichte, die wir den Alphas erzählt haben, hat man dich in unsere Obhut übergeben. Jetzt können wir dich beschützen.«

»Ihr habt sie belogen«, flüsterte ich. »Ihr habt schreckliche Dinge gesagt.«

»Um dich zu retten«, betonte er hartnäckig. »Du wolltest ja nicht sprechen, also mussten wir etwas sagen.« Sein Ton wurde milder. »Wenn du uns die Wahrheit sagst, bemühen wir uns, die Dinge richtigzustellen.«

Ich starrte in seine leuchtenden Augen.

Nie unsere Gefährtin. Ich hatte gedacht, ihnen mein Leben und meine Sicherheit zu verdanken. Aber nach allem, was ich ihnen geschenkt hatte – mein Herz und mein Vertrauen –, hatten sie mich zurückgewiesen. Ich würde niemals von meiner Haltung abrücken. Ich würde ihnen nie wieder etwas freiwillig geben.

~

Thorsteinn

THORSTEINN, *hör auf,* übermittelte Vik in meinen Kopf. *Sie hört nicht zu. Je mehr du brüllst, desto sturer wird sie.*

Ich richtete mich auf. Er hatte recht. Ampfer starrte auf einem Punkt hinter meinem Kopf, die Brauen zusammengezogen, die Lippen zu einer schmalen Linie zusammengepresst. Der Inbegriff einer Frau, die sich für einen erbarmungslosen, anhaltenden Kampf wappnete.

Flüchtig blitzte ein anderes Gesicht aus meinem Gedächtnis auf. Ich verharrte wie erstarrt, als Vik um mich herumtrat.

»Wenn du nicht reden willst, wirst du essen«, befahl er. Als Ampfer keine Regung erkennen ließ, gehorchen zu wollen, packte er sie am Arm und zog sie zur Feuerstelle.

Ich stand da und grübelte mit gerunzelter Stirn über alles und nichts nach, während Vik die kleine Kämpferin dazu überredete, etwas Brot und Dörrfleisch anzunehmen. Sie aß kaum etwas, und nachdem er ihr das

Gesicht und die Hände gewaschen hatte, schickte er sie ins Bett.

Sie schlief ein, noch bevor er sie mit einem Fell zugedeckt hatte, die Stirn in Falten, obwohl der Mund vor Erschöpfung schlaff offenstand.

Willst du die ganze Nacht da rumstehen?, fragte Vik. *Sie ist nicht Hildr.*

Ich weiß, gab ich zurück. Ich verdrängte die Gedanken an Hildr, allerdings nicht rechtzeitig. Vik sah sie in meinen Erinnerungen.

Ampfer wird nicht Hildrs Schicksal ereilen, beteuerte Vik.

»Nicht, wenn ich es verhindern kann«, sagte ich laut. Zu meinen Füßen zuckte Ampfer im Schlaf. *Ich werde nicht zulassen, dass die anderen sie töten.*

Das werden sie nicht. Wir sorgen dafür. Vik stellte sich neben mich. Zusammen blickten wir auf unsere schlafende Frau hinab. *Wir erheben Anspruch auf sie. Wir bringen ihr bei, was es heißt, uns zu gehören.*

Ich gehe zu den Alphas und setze mich für sie ein. Pass auf sie auf, sagte ich zu Vik. *Gib mir Bescheid, wenn sie aufwacht. Wir lassen sie nicht allein, kein einziges Mal.*

Nie wieder, pflichtete Vik mir bei. Er wollte sich nah zu ihr setzen, doch ich hielt ihn mit einer Hand auf dem Arm davon ab.

Ganz gleich, was die Alphas sagen, wir müssen tun, was getan werden muss.

Vik ergriff meine Hand. *Werden wir. Ich stehe hinter dir, Bruder.*

Wir haben zu lange damit gewartet, sie zur unseren zu machen, fuhr ich fort. *Jetzt müssen wir es ihr verständlich machen. Das wird schwierig, weil sie uns nicht vertraut. Aber es gibt einen Weg. Wir erfreuen sie, wenn sie gehorcht, und bestrafen sie, wenn sie sich auflehnt.*

Vik grinste. *Sie ist stark. Sie kann das verkraften.*

Ich klopfte ihm auf die Schulter und verließ das Baumhaus. Vik grinste noch immer. Wahrscheinlich stellte er sich all die Möglichkeiten vor, wie wir unsere Gefährtin züchtigen könnten. Für ihn war es wie ein Spiel, aber ich wusste es besser. Tatsächlich ging es um Leben oder Tod. Von nun an würde ich die Regeln festlegen. Ampfer würde sie befolgen oder sich den Folgen stellen müssen. Ich würde nie wieder zulassen, dass jemand in meiner Obhut verletzt wurde.

Ampfer

UNTER YGGDRASILS weitläufigem Blätterdach versank ich immer wieder in Träumen, die keine Träume, sondern Erinnerungen waren. Ich erinnerte mich an den Moment, als ich Vik und Thorsteinn zum ersten Mal gesehen hatte ...

Davor

»BLEIBT ZURÜCK«, *presste ich heraus. Meine Finger umklammerten meinen kleinen Bogen. Wenn die Nonnen mich mit einer solchen Waffe fänden, würden sie mich halbtot prügeln. Deshalb hatte ich den Bogen zusammen mit meinen übrigen Habselig-*

keiten in der Vorratskammer versteckt, in die keine Nonnen durften.

Im Augenblick wurde das Kloster angegriffen. Unter dem Tisch in der Vorratskammer kauerten Farn und eines der jüngeren Waisenmädchen. Ein Krieger jagte mich, ein dämonenäugiger Eindringling mit einer Axt und einem langen Messer am Gürtel und einem grauen Fell über den Schultern. Er hob die unbewaffneten Hände.

»Du brauchst keine Angst zu haben, kleine Kriegerin«, brummte er beruhigend. Doch um seine Beine schlich ein riesiges Tier – ein gewaltiger, weißgrauer Wolf mit leuchtenden Augen. Der Krieger murmelte etwas, und der Wolf setzte sich vorwärts in Bewegung.

Mit einem Ruck richtete ich den Bogen samt angelegtem Pfeil auf die Kreatur. »Ich schieße auf euch.«

Der Krieger lachte leise.

Dann geschah etwas Unmögliches. Der Wolf krümmte sich, veränderte sich. Sein Rücken wurde länger, sein Körper verformte sich. Die Haare wurden mir aus dem Gesicht geweht, obwohl es in diesem kleinen, unterirdischen Raum keinen Luftzug geben sollte. Licht blitzte auf, und vor mir stand ein Mann, ein zweiter Krieger mit harten Muskeln, nackt, abgesehen von einem grauweißen Fell um die Schultern.

Die Farben des Fells entsprachen dem des verschwundenen Wolfs.

Es konnte nicht sein. Das war unmöglich.

Der Krieger, der ein Wolf gewesen war, streckte die Hand aus und riss mir die Waffen aus dem erstarrten Griff. Ich zuckte zusammen, aber er holte mich unter dem Tisch hervor und schlang die Arme um mich, presste mich mit dem Rücken voraus an seine Brust. Ich trat um mich und setzte mich zur Wehr, doch er hielt mich zu fest.

»Hab sie«, dröhnte seine Stimme, die eher wie das Knurren

eines Wolfs als wie die Sprache eines Menschen klang. »Sie ist eine Kämpferin.«

Mein Geist löste sich vom Körper, als ich um mich schlug, so hart ich konnte. Ich verrenkte mich im eisernen Griff meines Entführers, drückte dagegen, aber er lockerte sich kein bisschen. Er trug mich am ersten Krieger vorbei zu den Stufen des Klosters.

»Ruhig«, beschwichtigte der Erste, der meinen Bogen und meine Pfeile mit einem belustigten Gesichtsausdruck hielt. »Schon gut, kleine Kriegerin, ich nehme deine Waffen mit. Wir lassen sie dich wieder benutzen, sobald wir dich in Sicherheit gebracht haben.«

Ich rief mir die schlimmsten Verwünschungen, die ich je gehört hatte, ins Gedächtnis und benutzte sie alle. Der Krieger, der mich festhielt, lachte herzlich, stieg über die Stufen und trat beiseite, um den Platz für zwei andere Krieger freizugeben. Mein Entführer drückte mich fester, presste mir die Luft aus der Lunge. Fluchend kämpfte ich darum, mich zu bewegen, zu atmen.

Der erste Krieger, dem ich begegnet war, tauchte aus der Vorratskammer auf.

»Ist schon gut, kleine Kriegerin. Bei uns bist du in Sicherheit.« Und damit lief er zum Ende des Gangs und sprang durch das zerbrochene Fenster. Mein Entführer folgte ihm und landete mit der sanften Anmut einer Katze auf den Füßen. Ohne zu zögern, rannten die beiden Männer in den Wald und tauchten in die Dunkelheit ein.

Ich verlor den Überblick, wie lange sie mich trugen oder in welche Richtung. Zweige peitschten mir über den Körper, aber der Krieger, der mich festhielt, schirmte mich bestmöglich ab. Er lief bergauf und bergab, um flechtenbedeckte Felsbrocken herum und über kleine Bäche. Meine Arme froren. Ich wünschte, ich hätte daran gedacht, eine Hose und Stiefel unter dem Nachthemd anzuziehen. Beides hatte ich in der Vorratskammer versteckt, wo die Nonnen es nie finden würden. In den Wirren des Überfalls auf *das Kloster hatte ich mir zwar Pfeil und Bogen geschnappt, aber vergessen, mich in Kriegerkluft zu werfen. Ich war zu sehr mit dem Versuch beschäftigt gewesen, zu kämpfen und Farn und eines der jüngeren Mädchen zu beschützen.*

Als mein Entführer auf einem von Mondlicht erhellten Hügel eine Pause einlegte, erübrigte ich einen Gedanken an meine gefangenen Schwestern. Wohin brachten uns die Krieger? Würden wir versklavt oder getötet werden?

»So.« Ich hatte die Hoffnung schon aufgegeben, als mich der Krieger auf die Füße stellte. Ich wäre prompt auf den Waldboden geplumpst, aber er stützte mich, bis ich aus eigener Kraft stehen konnte. Ich stieß ihn weg und wich zurück.

»Vorsicht. Sonst trübst du das Wasser.« Wieder dieser belustigte Ton.

Meine Füße platschten in einen Wasserlauf, einen Bach, der unter dem Laubteppich floss. Ich erstarrte und fragte mich, ob mir die Flucht gelingen könnte.

Der erste Krieger erschien vor mir. »Wir schlagen hier unser Lager auf. Trink, während wir ein Feuer anzünden. Wenn du zu fliehen versuchst, fesseln wir dir die Hände.«

Ich starrte zu ihm hinauf. Das Mondlicht milderte die scharfkantigen Züge seines Gesichts.

Ein Schauder durchlief mich.

Der Krieger verlagerte über mir die Haltung. Als er die Hände hob, zog ich den Kopf ein, aber er strich mir nur die Haare zurück.

Dann legte er mir das schwere Fell um die Schultern. Ich wickelte mich darin ein und ließ die Wärme seines Körpers in meine kalte Haut sickern.

Schließlich hockte ich mich hin und trank.

Er drehte sich um und sprach mit dem anderen Krieger. Prompt schlug ich mich in die Büsche neben ihm, kämpfte mich hindurch und flüchtete in die Nacht.

ICH STRAMPELTE MIT DEN BEINEN, *als mich der langmähnige Krieger den Weg zurücktrug, den ich gekommen war.*

Er hatte mich mühelos erwischt, nachdem er mich eine Weile zwischen den Bäumen und Büschen hindurchhuschen gelassen hatte. Als ich schließlich merkte, dass er mich müde machen wollte, sank ich unter einem dornigen Busch auf den Bauch. Er griff einfach nach unten und zog mich aus meinem Versteck, bevor ich wusste, wie mir geschah.

Diese Krieger bewegten sich verstohlener und geschickter, als ich es je erlebt hatte. Sie waren stärker, so viel stärker als ich. Man konnte mich nur als Närrin bezeichnen, wenn ich dachte, ich könnte gegen sie kämpfen. Aber ich würde lieber als Närrin sterben, als mich zu fügen.

Der Schein eines Feuers flackerte zwischen den Bäumen hindurch. Eine dunkle Gestalt bewegte sich zwischen uns und den kleinen Flammen. Der bärtige Krieger hatte sie angezündet, während der andere mich von meiner gescheiterten Flucht zurückgeholt hatte. Ich bohrte die Finger in das Lederwams. Tränen brannten mir in den Augen, weil ich so hilflos war.

Mein Entführer hockte sich neben das Feuer, rollte mich von seiner Schulter, packte mich an den Fußgelenken und band sie zusammen, bevor ich auch nur daran denken konnte, ihn zu treten.

»So.« Er ließ mich auf der Seite liegen, das Gesicht den Flammen zugewandt. Einen Moment lang verharrte ich wie betäubt, die Wange in weichem Fell vergraben. Er hatte mich auf ein Wolfsfell gebettet.

»Wir haben es mit einer angehenden Kriegerin zu tun«, verkündete er seinem Kameraden.

»Das sehe ich«, erwiderte der andere von seinem Platz auf einem Felsbrocken neben dem Feuer. Er grinste mich an, ließ

weiße Fänge aufblitzen und strich sich über den Bart. »Sie ist wild.«

Der Krieger, der mich gefesselt hatte, kehrte zu mir zurück und strich mir die Haare aus dem Gesicht. Ich zuckte von seiner Berührung weg und stemmte mich hoch. Mein finsterer Blick schüchterte ihn kein bisschen ein. Stattdessen musterte er mich mit schiefgelegtem Kopf. »Wie heißt du, kleine Kämpferin?«

Ich presste die Lippen zusammen und weigerte mich, zu antworten. Seufzend erhob sich mein Befrager und stapfte davon.

Der Grinsende nahm seinen Platz ein. »Komm schon.« Er streckte die Hand aus und zupfte an einer Strähne meiner Haare. Ich verrenkte mich, um ihn wegzustoßen, bevor ich erstarrte wie ein von einem großen Wolf gestelltes Kaninchen. Ich konnte nicht gegen diese Krieger kämpfen. Sie könnten mir das Genick brechen, ohne sich auch nur Mühe zu geben. Mit angespanntem Körper wartete ich auf einen Hieb.

Aber der Bärtige wollte gar nicht zuschlagen. Stattdessen warf er den Kopf zurück und lachte.

»Warte nur, bis sie dich beißt«, sagte der Erste.

»Lieber nicht.« Der Krieger vor mir packte meine Hände, bevor ich wusste, wie mir geschah, und fesselte sie.

»So.« Er setzte sich auf die Fersen zurück. Ich schleuderte ihm einen finsteren Blick zu. Ich konnte nach vorn rutschen und versuchen, ihn trotz meiner gefesselten Beine zu treten. Aber was sollte das bringen? Beklommenheit wogte durch meine Magengrube und drohte, mich zu überwältigen.

Der langhaarige Krieger rief über das Feuer: »Wir würden dich ja lieber nicht fesseln. Aber wenn du dich darauf versteifst, zu kämpfen ...« Er zuckte mit den Schultern.

»Dabei hast du gar keinen Grund, gegen uns zu kämpfen. Wir sind auf deiner Seite.« Der Krieger in meiner Nähe zwinkerte mir zu.

Ich schüttelte den Kopf in seine Richtung. Was meinte er damit? Das ergab keinen Sinn.

»Das ist Thorsteinn«, sprach er den fremdartigen Namen mit einem Akzent aus, den ich noch nie zuvor gehört hatte. »Ich bin Vik. Deinen Namen erfahren wir, wenn du bereit bist, ihn uns zu nennen. Bis dahin nennen wir dich ›Schildmaid‹.«

Ich starrte ihn an. Machte er sich etwa über mich lustig? Irgendwie fand ich das schlimmer, als von ihnen verletzt zu werden.

Er kramte in seinem Beutel und hielt mir ein Stück Dörr-fleisch vor den Mund.

»Hier. Iss.«

Ich zögerte. Er schüttelte das Fleisch. »Nimm. Du musst essen, um bei Kräften zu bleiben, wenn du gegen uns kämpfen willst.«

Ich ließ den Kopf nach vorn schnellen und schnappte ihm das Essen aus der Hand. Er lachte leise, holte aus seinem Beutel ein weiteres Stück hervor und hielt es mir vor den Mund, nachdem ich geschluckt hatte. Das zweite Stück kaute ich langsamer, während mein Blick über die Lichtung huschte. Der Krieger gab sich keine Mühe, zu verhehlen, wie eindringlich er mich musterte. Seine große Hand legte sich um eines meiner Fußgelenke. Ich wollte das Bein zurückziehen. Er schnalzte mit der Zunge. »Du blutest. Wir müssen besser auf dich achten.«

Der andere Krieger, Thorsteinn, kam herüber. Er riss ein Stück von seinem Wams ab und benetzte es im Fluss, um die Kratzer an meinen Beinen zu säubern, während Vik mich fest-hielt. Am Ende hörte ich auf, mich zu wehren. Vik bot mir mehr Fleisch an, eine Belohnung dafür, dass ich mich ihren Zuwen-dungen unterwarf.

Als Thorsteinn fertig war, ergriff er mein Knie und heftete den grauäugigen Blick auf mich. »Kein Weglaufen mehr. Wir beschützen dich.«

Ich schnaubte höhnisch und drehte den Kopf weg. Prompt sah mir Vik in die Augen.

Er zwinkerte wieder. »Irgendwann wirst du uns glauben.«

Iᴄʜ ɢʟᴀᴜʙᴛᴇ ɪʜɴᴇɴ ɴɪᴄʜᴛ. *Wie könnte ich auch? Sie hatten mich aus meinem Zuhause entführt. Ein Zuhause, das ich zwar hasste, aber das Einzige, das ich kannte.*

Ich schmiedete weiterhin Fluchtpläne. Ich riss die untere Hälfte meines Nachthemds in Streifen und benutzte Seil, um sie um meine Beine zu binden. Die Krieger beobachteten mich, verloren aber kein Wort über mein selbstgebasteltes Beinkleid.

Als ich das nächste Mal erwachte, warteten neben meinem Kopf ein Paar Stiefel und Sachen zum Anziehen. Kein Kleid – ein Wams und eine lange Hose. Zuerst konnte ich es nicht glauben. Waren in der Nacht Feen aufgetaucht und hatten mir geschenkt, was ich mir am meisten wünschte?

Rasch zog ich die Hose unter dem Gewand an. Dabei kauerte ich mich so hin, dass ich keine nackte Haut zeigte. Als ich fertig war, erkannte ich mich kaum wieder.

»Schildmaid«, sagte Vik.

Thorsteinn kam über das Lager angestapft. Er musterte mich von oben bis unten, berührte mich aber nicht. Schließlich reichte er mir meinen Bogen samt Pfeilen. »Wie versprochen«, sagte er in ernstem Ton. Ich blinzelte. Er hatte tatsächlich gesagt, er würde mir den Bogen zurückgeben. Aber nachdem ich im Kloster versucht hatte, auf ihn zu schießen, hatte ich nicht damit gerechnet. »Benutz ihn, um dich zu verteidigen.«

»Gegen euch?«, war ich mutig genug, zu fragen. Vik lachte. Thorsteinn musterte mich einen Herzschlag lang an, dann legte er mir die Hand in den Nacken und zog meine Stirn an seine.

»*Wenn du auf uns schießt, bekommst du nie wieder eine Waffe.*«

Ich nickte. Was hatte ich schon für eine Wahl?

Aber in Kriegerkluft und wie eine Gleichgestellte bewaffnet fiel es mir leicht, der Bedingung zuzustimmen.

MIT DER ZEIT *erklärten die Krieger mir, warum sie ins Kloster gekommen waren.*

»*Es gibt einen Hexer, der von der Magie der* Holzmouwas *zehrt*«, *sagte Thorsteinn.* »*Er wollte sich dich und die anderen* Holzmouwas *im Kloster holen.*«

Mein Gesicht musste Verwirrung verraten haben, denn Vik lachte und erklärte: »Eine Holzmouwa *ist eine Frau, die Magie besitzt.*« *Er zupfte an einer meiner Haarsträhnen und schmunzelte, als ich seine Hand wegdrückte.*

»*Wie eine Hexe?*«, *fragte ich. Der Ordensbruder hatte immer gegen Hexen gewettert.*

»*Eine andere Art von Magie*«, *stellte Vik klar.*

Thorsteinn fuhr fort: »*Der Magier hat viele Frauen geheiratet und seine Macht ausgeweitet, bis sich eine seiner Frauen aufgelehnt und ihn für tausend Jahre gebunden hat. Allerdings ist der Bindungszauber verblasst, und jetzt ist er zurück.*«

»*Wir nennen ihn den Totenkönig*«, *fügte Vik hinzu. Beide Krieger schauten grimmig drein und senkten die Hände auf die Waffen, als wollten sie sich vergewissern, dass sie noch da waren.* »*Er besitzt die Macht, Tote zu erwecken und zu versklaven.*«

»*Draugr. So heißen seine untoten Diener*«, *ergänzte Thorsteinn.*

Mir lief zwar ein Schauder über den Rücken, aber ich dachte, dass Vik und Thorsteinn übertrieben. Dass sie wie bei Männern üblich den Feind wie die gewaltigste Kraft klingen ließen, die man sich vorstellen konnte. Selbst wenn es stimmte, ich setzte Vertrauen in diese Krieger. Eigentlich sollte ich Männern, die mich aus meinem Zuhause geraubt hatten, nicht trauen. Aber durch irgendetwas an ihnen fühlte ich mich sicher. Sie könnten sich allem stellen, sogar einer Armee von Untoten – die es nicht geben konnte. Es stimmte nicht, sagte ich mir. Es war nur eine Geschichte.

Am nächsten Tag trafen wir auf eine Gruppe von Draugr. Ein übelriechender Nebel rollte über die Hügel und erstickte uns, während er uns gleichzeitig die Sicht raubte.

»Lauf«, befahl Thorsteinn, und ich tat es. Wir rasten durch Schwaden des stinkenden Nebels. Kurz klarte die Umgebung auf, und wir erklommen einen Hügel, senkten uns auf den die Bäuche und spähten über die Anhöhe.

»Dort.« Vik zeigte auf einen grauen Strom sich bewegender Körper, gerüstet mit Speeren und Schilden. Aus der Ferne sahen die Draugr wie Menschen aus. Als sie näher kamen, erhaschte ich einen Blick auf ihre verwesenden Gesichter und ihre faulende Haut.

Unwillkürlich schnappte ich nach Luft und warf mich hinter der Anhöhe auf den Rücken.

»Sie können uns nicht sehen.« Thorsteinn ergriff meinen Arm, um mich zu beruhigen. »Aber sie können uns spüren. Deine Magie lockt sie an.«

Mit gerunzelter Stirn blickte ich auf meine Brust. Dass ich Magie besitzen könnte, war mir nie in den Sinn gekommen. Ich hatte mich schon vieler Sünden schuldig gemacht, aber eine Hexe zu sein, gehörte nicht dazu.

»Schau.« Vik nickte in Richtung des Nebels, der hinter uns den Hügel heraufkroch. »Es sind zwei Streitkräfte.«

Thorsteinn fluchte.

Ich bekam Gänsehaut. Mir drehte sich der Magen erst um, bevor er sich wie versteinert anfühlte. »Wir sitzen in der Falle.«

»Noch nicht.« Thorsteinn zog mich hoch und scheuchte mich vorwärts. *Langsam schlichen wir die Anhöhe entlang.*

»Du tust, was ich sage, wenn ich es sage und keinen Augenblick früher«, flüsterte mir der große Krieger ins Ohr. Ich nickte.

Wir schlichen zwischen den feindlichen Linien hindurch, indem wir uns hinter Felsbrocken versteckten und zwischen den Bäumen entlangschlängelten. Als der Nebel dichter wurde, führte mich Thorsteinn mit leichten Berührungen. Ich spürte seinen Atem im Genick, während ich langsam auf dem Höhenzug vorrückte.

Schließlich lichtete sich der Nebel. Das Pochen der Schritte marschierender Draugr blieb in der Ferne zurück. Wir waren ihnen entkommen. Ich hatte mich früher viel im Kloster herumgeschlichen, aber nie mit so hohem Einsatz oder mit so fähigen Begleitern. Trotz der Gefahr kribbelten meine Nerven vor Triumph.

Dann beging ich einen Fehler: Ich schaute zurück. Eine riesige Bestie mit leuchtenden Augen ragte über mir auf. Fell bedeckte den gewaltigen Körper. Das Gesicht bestand aus einer langen Schnauze, bedeckt von schwarzem Fell wie bei einem Wolf, aber die Bestie stand auf zwei Beinen wie ein Mensch. Eine Hand hielt eine Axt. Die andere endete in verheerenden Klauen.

Ich öffnete den Mund, doch es drang kein Laut heraus. Jeder Instinkt in mir forderte mich brüllend zur Flucht auf.

»Bleib ruhig.« Das Monster sprach mit Thorsteinns Stimme.

Ich hechtete weg vom Pfad. Der Hügel war steil, und ich fiel. Während ich hinunterkullerte, fuchtelte ich mit den Armen und versuchte, anzuhalten. Ein Stein bremste meinen Sturz. Ich knallte dagegen, und mein Bein verkeilte sich in einer Spalte. Als ich mich bewegen wollte, knirschte etwas. Ich schrie.

Eine Pranke klatschte über meinen Mund.

»Ruhig, Kleines, ich bin's nur.«

Schmerz erfüllte meine Welt, als schlüge der Teufel höchstper-

sönlich rotglühende Zähne in mein Bein. Ich warf mich herum. Gewaltige Arme legten sich um mich und hielten mich fest.

Blankes Grauen drängte den Schmerz zurück. Meine Augen wurden groß wie die eines Beutetiers vor einem tödlichen Räuber. Die Kreatur war halb Mensch, halb Wolf. Das konnte nicht wirklich sein. Es war unmöglich.

Eine zweite Bestie ließ sich neben mir nieder. Sie trug Viks weite Hose, den Gürtel mit der Axt, den Messern und einem kurzen Schwert. Aber die Erscheinung hatte ein graues Fell wie ein Wolf mit einem weißen Fleck auf der Schnauze.

»Halt sie still«, brummte die Kreatur mit Viks Stimme. Erschrocken zuckte ich zusammen, doch der harte Körper hinter mir hielt mich davon ab, mein pochendes Bein zu rühren.

Das schwarze Monster umklammerte mich, während das graue die Felsbrocken auseinanderzwängte. Der Nebel wirbelte um mich herum, füllte meine Nase mit dem Gestank verwesender Leichen. Ich würgte an der von schwarzem Fell bedeckten Pranke, und sie zog mich fester an den Körper der Kreatur hinter mir.

»Ruhig. Halt still«, redete Thorsteinns Stimme auf mich ein. »Vik hat dich fast befreit.«

Mit dem Gesicht in dichtem Fell atmete ich tief den satten Geruch ein. Fell, Erde, herber Kiefernduft und etwas Frisches wie die Luft nach einem Sturm. Eine Pranke senkte sich auf meinen Nacken. Ich schaute auf – und sah in Thorsteinns graue Augen.

»Wie?«, hauchte ich atemlos.

In die Züge der Bestie trat ein menschlicher Ausdruck von Bedauern. »Verzeih uns, Kleines. Wir hätten es dir sagen sollen.«

Eine weitere Nebelschwade überrollte uns dicht und ölig. Ich schlang die Arme um den Nacken des Monsters und lauschte dem furchterregenden, steten, trägen Donner von hundert im Gleichschritt marschierenden untoten Soldaten. Unwillkürlich schnappte ich scharf nach Luft. »Sie kommen näher.«

»Es wird alles gut«, beruhigte mich Thorsteinn. Zu Vik sagte er: »Beeilung.«

Mit einem letzten Grunzen teilte Vik die Felsbrocken, die mein Bein festklemmten. Thorsteinn zog mich heraus. Als ich an mir hinabblickte, fiel ich beinah in Ohnmacht. Meine Hose war zerrissen, Rot schimmerte heraus. Darunter lugte weißer Knochen hervor. Bei dem Anblick zerfetzten mich innerlich Höllenqualen. Ich biss die Zähne zusammen, um unter den Schmerzen nicht aufzuschreien. Früher hatte ich Prügel ertragen und nie geschrien. Das war nicht anders.

»Gebrochen«, berichtete Vik grimmig. »Ich kann es richten, aber ...« Seine Hand schwebte über meinem Bein. Hätte ich ein Wort hervorgebracht, ich hätte ihn angefleht, mich nicht zu berühren.

»Dafür haben wir keine Zeit«, entgegnete Thorsteinn knurrend. Die trommelnden Schritte hatten sich genähert.

Ich wimmerte, als Thorsteinn mich in seine Arme hob. Seine wilden Blicke wurden bereits weniger beängstigend. Man erkannte ihn deutlicher als Thorsteinn. Auch mein gequälter Körper erkannte ihn, fühlte sich wie von Anfang an zu ihm hingezogen, auf eine Weise, die ich nicht erklären konnte.

»Verzeih uns, Kleines. Wir haben keine Zeit mehr.« Thorsteinn strich mir das Haar beiseite, zog den Kopf zurück und entblößte die Zähne. Bevor ich schreien konnte, schnappte er zu und versenkte die Fänge tief an der empfindlichen Stelle zwischen Schulter und Hals. Rot blitzte vor meinen Augen auf, als er die Haut durchstieß. Seine Hand dämpfte meinen Schrei.

Auf meiner linken Seite riss Vik den Kragen meines Wamses auf, hob mein Haar an und biss ebenfalls zu. Ein heftiger Stich durchzuckte mich, gefolgt von einem Schimmer von etwas anderem, etwas Wunderbarem. Der Schmerz verebbte und wirbelte davon.

»So.« Thorsteinn löste die blutbefleckten Fänge von mir, und ich wurde ohnmächtig.

I*CH ERWACHTE UND BLINZELTE TRÄGE. Kräftige Arme verstärkten den Griff um meinen Körper.*

»Thorsteinn?«, murmelte ich. »Wo sind wir?«

»In Sicherheit. Hoch in einem Baum.« Er hockte in der Beuge eines riesigen Asts. Meine Beine baumelten über seinen Schoß, meine Füße schwangen in der Luft. Tief unten wirbelte Nebel um den Stamm. »Hier kann uns nichts etwas anhaben.« Ein Schauder durchlief mich. Er legte mir die Hand auf den Hinterkopf und stützte mich. »Wie geht es deinem Bein?«

Schlagartig kehrte alles zurück – der Nebel, unser Weg den Hügel entlang, die Monster, die in Wirklichkeit Thorsteinn und Vik waren. Mein gebrochenes Bein, ihre aufblitzenden Fänge, als sie mich gebissen hatten.

Keuchend griff ich mir an den Hals. Die Schmerzen waren verschwunden. Keine durchbrochene Haut, kein Blut, kein Brennen.

»Da ist immer noch ein Mal«, teilte Thorsteinn mir mit leicht belustigtem Ton mit. »Aber die Heilung hat gewirkt.«

»Wie ...« Meine Augen wurden noch größer, als ich mein Bein berührte. Die Hose war nach wie vor zerrissen.

»Das bewirkt die Bindung, Kleines.«

Da spürte ich eine honigsüße Wärme, die über mich strömte. Zwei starke Stränge, einer Thorsteinn, einer Vik.

»Was ist das?«, flüsterte ich.

»Wir haben dich gezeichnet. Du gehörst jetzt uns.« Er zog mich näher, und seine Lippen krümmten sich zu einem seltenen Grinsen. »Du gehörst uns. Kein Wegrennen mehr, Kleines.«

Ich starrte in seine sturmgrauen Augen, wollte fragen, was sie getan hatten. Ich verstand es zwar nicht, aber ich ahnte, dass uns Magie verband, dass Magie mich geheilt hatte. Als ich den Mund öffnete, drang weder ein Protest noch eine Frage heraus.

»Ihr habt mich gerettet.«

Thorsteinn sah mich ruhig an. »Ja.«

Weiter vorn legte Vik auf einem anderen Ast das Messer weg, das er geschärft hatte. Er winkte. Ich hob die Hand zum Gruß, immer noch von Erstaunen erfüllt.

Ich kannte diese Krieger nicht. Und ich begriff nicht wirklich ihren Feind, den Totenkönig, oder warum er es auf das Kloster abgesehen hatte. Ich wusste nicht, wie mein Leben als ihre Gefangene aussehen würde oder warum sie unter all den jungen Frauen im Kloster ausgerechnet mich ausgewählt hatten.

Staunend kniff ich die straffe Haut meines Beins, wo der Knochen herausgelugt hatte. Die Heilung hatte keine Male hinterlassen. Die Stelle war nicht einmal wund. In meinem Blut vibrierte die Bindung.

»Ihr habt einmal nach meinem Namen gefragt.« Ich *schluckte. »Wollt ihr ihn immer noch wissen?«*

Thorsteinn zog die Augenbrauen hoch, als wollte er sagen: Natürlich.

»Ampfer«, verriet ich ihnen hoch droben im Baum, während meine Füße in der Brise baumelten. »Mein Name ist Ampfer.«

Jetzt

»AMPFER. Ampfer.«

Als ich erwachte, standen die beiden Krieger über mir. Ich rollte mich in sitzende Position. Ich war zurück in dem

Baumhaus. Alles, was sich zwischen uns ereignet hatte –
jede gute Erinnerung –, verblasste neben meinen Sünden.

»Es ist vollbracht.«

Mein Blick schnellte zwischen ihnen hin und her, bis
Vik erklärte: »Die Alphas haben ihr Urteil gefällt. Du bist
schuldig, Rosalind verletzt zu haben.«

Meine Hände krallten sich in die Decken.

»Willst du deine Strafe erfahren?«

Ich erwiderte nichts. Sie würden es mir sowieso
verraten.

Und tatsächlich hockte sich Vik dicht neben mich. »Die
Strafe dafür, eine *Holzmouwa* zu verletzten, ist der Tod.«

Das hatte man mir schon gesagt.

»Aber da du selbst eine *Holzmouwa* bist, waren sich die
Alphas einig, dass ein Sonderfall vorliegt.« Er fuhr mit der
Hand über meinen Kopf. »Außerdem haben sie berücksich-
tigt, dass wir vergeblich versucht haben, eine Bindung
einzugehen.«

Ich zuckte zusammen und schaute weg. Ich brauchte
keine Erinnerung daran, dass man mich benutzt und
danach verstoßen hatte.

Sanfte Hände legten sich auf meine Schultern, unmittelbar über den beiden Bissspuren, die sie mir vor einer
gefühlten Ewigkeit verpasst hatten. »Ampfer, das ist gut so.
Ohne Bindung besteht die Möglichkeit, dich zu retten.«
Seine große, tätowierte Hand ruhte über der alten Biss-
wunde auf meiner Schulter. »Anspruch auf dich zu
erheben.«

Ich hielt den Atem an. Wollte er damit sagen, was ich
dachte?

»Ampfer, sieh mich an«, befahl Thorsteinn und wartete,
bis ich den Blick hob.

»Sie haben dir eine zweite Chance gegeben. Wir haben

einen Mond, um dich an uns zu binden und dich zu unserer Gefährtin zu machen.«

Ich runzelte die Stirn und zog die Brauen zusammen.

»Die Alphas haben dein Leben verschont«, fügte Vik hinzu. »Die Geschichte, die wir ihnen erzählt haben, hat funktioniert.«

Thorsteinn kniete vor mir nieder und rückte näher, bis ich nur noch sein strenges Gesicht sah. »Du bist wild und ungehorsam. Eine Bedrohung für dich selbst und alle anderen. Um dein Leben zu retten, müssen wir beweisen, dass du gebunden bist und dich uns vollständig unterworfen hast.« Seine Stimme ertönte als kehliges Knurren.

Ich leckte mir die Lippen. Herausfordernd gab ich zurück: »Und was, wenn es euch nicht gelingt?«

Thorsteinn knurrte.

»Es wird uns gelingen«, beteuerte Vik. »Ampfer, wir werden dich zähmen.«

2

Vik

»**N**ein.« Sie hob den Kopf. »Ihr könnt es versuchen. Aber ihr werdet mich niemals zähmen.«

»Das denkst du nur.« Thorsteinn knurrte, und ich legte eine Hand auf seinen Arm.

»Bist du so versessen darauf, zu sterben? Du hast eine andere *Holzmouwa* angegriffen. Sie schläft noch immer, wandelt am Rand des Todes, und das Rudel schreit nach deinem Blut. Wenn du dich uns nicht unterwirfst, ist dein Leben verwirkt.« Ich deutete zum Eingang der Hütte. »In diesem Augenblick sind Krieger auf dem Berg unterwegs. Wenn sie dich unbeaufsichtigt vorfinden, brechen sie dir ohne Gewissensbisse das Genick.«

»Sollen sie ruhig kommen«, gab sie wild zurück. »Ich kämpfe gegen sie.«

»Du würdest sterben«, sagte Thorsteinn nüchtern.

»Ampfer ...«, wollte ich ihr Vernunft einreden. Thorsteinn schwenkte die Hand.

»Genug. Wir zanken nicht länger mit dir. Du wirst dich uns unterwerfen. Wir werden dir beibringen, zu gehorchen. Tust du es nicht tun, werden dir die Folgen nicht gefallen.«

»Macht, was ihr wollt«, zischte sie. »Ich werde mich euch nie unterwerfen.«

Ich hockte mich dicht zu ihr, schnappte mir eine Strähne ihres Haars und zog verspielt daran. »Nicht einmal, wenn wir die Belohnung größer als die Bestrafung ausfallen lassen?« Ich streichelte ihre Schulter, und sie schlug die Augen nieder. Sie errötete. Ah, ja, wir wirkten uns immer noch auf sie aus. »Du erinnerst dich.« Meine Stimme wurde tiefer. »Wir haben eine Bindung geteilt.

»Eine Bindung?« Sie riss die Schulter los. »Den Alphas habt ihr etwas anderes erzählt.«

»Wir haben dir erklärt, warum wir das gesagt haben. Um dein Leben zu retten. Um dir eine Chance zu verschaffen.«

»Ich will euch nicht mehr.« Sie verschränkte die Arme vor der Brust. »Habt ihr daran schon gedacht?«

»Genug«, sagte Thorsteinn. »Du vertraust uns nicht. Das wirst du noch.«

Sie schluckte und neigte den Kopf so, dass ihr kurzes Haar ihr Gesicht bedeckte.

Glaubst du, das ist der richtige Weg?, fragte ich Thorsteinn.

Sein Kinn zuckte hoch. *Halt dich zurück.* »Wir fangen heute Abend an. Zuerst bestrafen wir dich dafür, dass du uns verlassen hast. Dafür, dass du unser Eigentum in Gefahr gebracht hast.«

»Na gut«, murmelte sie.

Ich zog die Augenbrauen hoch. Konnte es so einfach sein?

»Ihr wollt mich bestrafen? Fein.« Sie richtete sich auf und riss sich das Wams vom Leib. »Nur zu.«

Ich verkniff mir ein Lachen. Sie war immer noch trotzig. Immer noch die Ampfer, in die wir uns von Anfang an verliebt hatten.

Sie drehte uns den Rücken zu, und ich sog scharf die Luft ein. Im Nu hatte ich den Raum durchquert und berührte die Narben auf ihrem Rücken. Lange weiße Linien auf der braunen Haut. »Wer hat dir das angetan?«

Sie wirbelte herum und hielt ihr Wams wie einen Schild zwischen uns.

»Ihr habt gesagt, ihr wollt mich bestrafen.« Sie reckte das Kinn vor. »Was spielt es da für eine Rolle, dass es jemand anderes schon getan hat?«

»Antworte mir«, verlangte ich knurrend. Ich stieß ihre Arme zur Seite. Meine Hände legten sich auf ihre Schultern und drehten sie zu mir herum. »Wenn dich jemand aus dem Rudel verletzt hat, dann ...«

»Die Nonnen«, fiel sie mir ins Wort. »Das waren die Nonnen. Im Kloster.«

»Warum?« Ich drehte sie um und fuhr ihr mit einer Hand den Rücken hinab, strich über jede alte Strieme. Wieso hatte ich das noch nie gesehen?

Sie hat sich vor uns versteckt. Schon immer, erinnerte Thorsteinn mich. *Und wir haben es zugelassen. Sie hatte sowohl durch den Totenkönig als auch durch die erzwungene Bindung ein Trauma. Wir dachten, wir könnten sie rechtzeitig überreden, sich uns zu öffnen. Und dann ist uns die Zeit ausgegangen.*

Uns ist ein Fehler unterlaufen, Bruder. Wir hätten nie weggehen dürfen, meinte ich zu ihm. Bedauern erstickte mich förmlich. *Wir hätten diese Patrouille nie annehmen dürfen. Wir hätten bei ihr bleiben und die Bindung festigen sollen. Wenn wir unsere Gelegenheit verpasst haben ...*

Es ist noch nicht zu spät, beharrte Thorsteinn. Ich war davon nicht so überzeugt.

»Das habe ich nie gesehen«, sagte ich zu Ampfer, während ich weiter die Male nachfuhr. »Du hast es gut versteckt.« Sie hatte immer abseits gebadet. Sich nie vor unseren Augen ausgezogen. Wir hatten gedacht, sie wäre schüchtern. Hatten ihr gestattet, sich zu verstecken.

Wir hatten so viel versäumt.

Sie schauderte unter meiner Berührung, dennoch zog ich mich nicht zurück.

»Warum haben die Nonnen dir wehgetan?«, fragte ich erneut.

»Weil ich mich nicht unterwerfen wollte. Ihr seht also, ich war nie brav und gehorsam. Mich an Regeln zu halten, hat mir nie etwas gebracht. Die einzige Abhilfe hat immer darin bestanden, meinen eigenen Weg zu gehen.«

Ich ergriff ihr Kinn: »Du *wirst* uns gehorchen.« Ich bückte mich, um ihrem wütenden Blick zu begegnen. »Du wirst feststellen, dass du es genießt.«

Ampfer riss sich los. »Ich werde es nie genießen.« Sie wich zurück, und ich ließ es ihr vorerst durchgehen.

»Das kann ich dir schwören: Wir werden dich in die Knie zwingen. Aber du wirst Gefallen daran finden.«

»Ich glaube dir nicht.«

»Das musst du auch nicht. Du wirst es merken«, sagte Thorsteinn.

»Bestimmte, gerechte Züchtigung«, merkte ich an. »Nichts, das dich wirklich verletzt. Gerade genug, um dich zu lehren, wer deine Herren sind.«

»Ihr seid nicht meine Herren«, zischte sie.

»Doch, das sind wir.« Thorsteinn trat vor, trieb sie zurück zu mir. Ihre steife Gestalt krümmte sich und schwankte. Wir merkten es an ihrer Haltung und an ihrem

Geruch – dieses leichte Zögern. Der Wunsch, nachzugeben.

»Es ist ein langer Weg gewesen, Ampfer.« Ich sprach in sanftem Ton. »Du musst nicht mehr weglaufen. Du musst nicht mehr kämpfen.«

»Wir beschützen dich, Kleines.« So, wie Thorsteinn sie überragte, erschien es lächerlich, dass uns eine derart kleine Frau von innen nach außen kehren konnte. Und doch hatte sie das getan.

»Ich brauche euren Schutz nicht«, behauptete sie und schlang die Arme um sich.

»Ach nein? Wir sind alles, was zwischen dir und dem wütenden Rudel steht.« Thorsteinn verschränkte die Arme vor der Brust. »Die anderen rufen nach deinem Blut. Sollen wir dich stattdessen ihnen überlassen?«

»Nein«, sagte ich, bevor sie antworten konnte. Ich zog sie zu mir. »Wir werden nicht zulassen, dass sie dir ein Haar krümmen. Niemals. Wir hüllen dich in Sicherheitsschichten, damit dir nichts und niemand mehr etwas tun kann.«

Gefühle zeichneten sich in ihrem Gesicht ab. Ich packte ihr Kinn, bevor sie den Kopf wegdrehen konnte.

»Gib dich uns hin, Ampfer. Ich verspreche dir, es wird sich lohnen. Jetzt komm.« Ich tätschelte mein Knie. Thorsteinn und ich hatten vereinbart, dass ich sie als Erster bestrafen würde. Ich konnte nüchterner mit ihrem Fluchtversuch umgehen. Thorsteinn war davon überrascht gewesen. Ich nicht. Frauen gingen immer weg.

»Auf meinen Schoß«, befahl ich und ließ mir keinerlei Gefühlsregung anmerken.

Ungewissheit huschte über ihre Züge. Verwirrung. Zorn. Sturheit. Leicht würde sie sich nicht beugen. Gut.

»Du wirst dich über Viks Schoß legen und deine Bestrafung hinnehmen. Oder wir marschieren mit dir den Berg hinauf, fesseln dich an einen Pfosten und peitschen dich vor aller Augen aus.«

Ampfers Körper versteifte sich. *Du Narr.* Ich öffnete die Bindung zwischen Thorsteinn und mir und bestürmte ihn. *Hast du nicht die Narben auf ihrem Rücken gesehen?*

Ich erhob mich und ergriff ihr Kinn, zwang sie, mich anzusehen. »Wir würden einen weichen Auspeitscher verwenden. Einen, der nur Spuren hinterlässt, die verblassen. Niemals Narben.«

»Wie gesagt«, entgegnete sie spöttisch, obwohl ich spürte, wie ihr Herzschlag flatterte. »Nur zu.«

»Wie du willst.« Ich zuckte mit den Schultern und warf sie mir über die Schulter. Sie setzte sich leicht zur Wehr, als ich den Raum durchquerte, mich setzte und sie über meinem Schoß legte. Ihre Hose zerriss, als ich sie runterzog.

»Was hast du vor?«, schrie sie und trat aus.

»Dich bestrafen.«

»Meine Kleidung!« Sie krümmte sich so wild, dass ich sie entkommen ließ.

»Die brauchst du eine Zeit lang nicht. Kleidung ist ein Vorzug, den du dir erst verdienen musst.«

»Ihr wollt mich dem Rudel nackt vorführen?« Sie umklammerte ihr Wams.

Ich knurrte und zog sie mit einer Hand an ihrem Genick zu mir. »Niemals vor dem Rudel. Wir teilen dich nicht.«

Etwas huschte über ihre Züge. Erleichterung. Ampfer verbarg die Empfindung hinter einer mürrischen Miene. »Du sagst das so, als wäre ich euer Besitz.«

»Das bist du«, verkündete ich. »Du gehörst uns. Es ist an der Zeit, dass dir das klar wird. Du darfst vorerst weiter dein Wams tragen, wenn du deine Bestrafung bereitwillig annimmst. Komm wieder auf meinen Schoß.«

Etwas flammte in ihrem Duft auf. Erregung. Thorsteinn

hielt mitten im rastlosen Auf- und Ablaufen inne und neigte den Kopf in die Richtung des Geruchs.

Ich verbarg meine Überraschung, nicht jedoch meine Freude.

»Du musst nicht so tun, als hättest du Spaß daran«, brummte sie, als sie sich widerwillig über meinen Schoß legte.

»Das tue ich nicht. Ich habe wirklich die volle Absicht, jeden Moment davon zu genießen. Also, viele Schläge fürs Weglaufen?«

Als sie zu einer Antwort ansetzte, klatschte ich ihr mit der Hand auf den Hintern. »Das bestimmst nicht du, sondern ich. Und ich sage, so viele, wie nötig sind, dass du dich jedes Mal daran erinnerst, wenn du dich hinsetzt.«

Ich drückte ihre strammen Pobacken, wärmte die Haut. Vielleicht ließ ich mir besonders viel Zeit damit, weil ich den Duft ihrer Erregung genoss, der als süßer Geruch von ihr aufstieg. »Du bist wahrlich eine *Holzmouwa*«, murmelte ich und schmunzelte über ihr verärgertes Schnauben. »Etwas noch, kleine Gefährtin: Es ist in Ordnung, zu weinen.«

»Ich weine nicht.« Sie knirschte mit den Zähnen.

»Wie du meinst.« Ich legte die Handfläche auf ihren nackten Hintern. »Aber es würde dir guttun.«

»Weinst du, wenn man dir den Hintern versohlt?« Sie hob den Kopf und starrte mich finster an. Ich konnte über ihren Trotz nur den Kopf schütteln.

»Vorsicht. Kleine Frauchen, die ihre Gefährten herausfordern, werden genommen. Hart«, fügte ich hinzu und klatschte auf ihr Hinterteil. Mir gefiel, wie der scharfe Laut durch das Baumhaus hallte.

Ihr Blick schnellte zu Boden, aber ihr Geruch umfing

mich weiter mit einer süßen Note. Sie konnte ihre Erregung nicht verbergen.

»Das gefällt dir. Gib es zu.«

»Ich ...« Schaudernd ging ein Seufzen durch sie.

»Egal. Du musst es nicht sagen.« Ich versetzte ihr drei forsche Schläge auf die rechte Backe und bewunderte, wie sie sich rosig verfärbte. »Ich kann es ohnehin deutlich riechen.«

Mit verwirrt gerunzelter Stirn warf sie den Kopf hin und her. Sie war unberührt. Wir hatten sie noch nicht sinnlich angefasst. Warum hatten wir so lange gewartet? Mittlerweile klaffte zwischen uns eine Kluft.

Wir wollten sicher sein. Wir haben so schnell Anspruch auf sie erhoben, um sie zu heilen.

Unser Fehler, Bruder. Wir hätten das von Anfang an tun sollen. Ihr fürs Weglaufen den Hintern versohlen und es ihr dann besorgen, bis ihr gar nicht mehr der Gedanke gekommen wäre, uns zu verlassen.

Besser spät als nie.

Das hoffte ich. Ich hoffte, dass es noch nicht zu spät war.

Die Züchtigung ging weiter. Ich legte reichlich Pausen ein, um ihren wunden Hintern zu reiben, den Schmerz zu lindern und weitere Gefühle in ihr zu wecken. Nicht der Schmerz würde ihren Gehorsam herbeiführen.

Ich fasste zwischen ihre Beine und ertastete ihre seidigen unteren Lippen. »So süß und feucht. Weißt du, wie du dich berühren kannst, um dich gut zu fühlen?«

Ein unterdrücktes Schluchzen erschütterte ihren Körper.

»Sch-sch. Lass es raus, sei ein braves Mädchen.«

Sie stieß sich von mir ab und robbte weg.

»Lass mich in Ruhe!«

Thorsteinn setzte sich in ihre Richtung in Bewegung,

aber ich bedeutete ihm, sich zurückzuhalten. Sollte sie ruhig wütend sein. Sollte sie ruhig vorerst eine Mauer um sich errichten.

Auf die eine oder andere Weise würden wir sie einreißen.

Wird das funktionieren?, fragte ich über die Bindung. Ampfer lag eingerollt auf einem Stapel von Fellen und schlief im Schein des Feuers. Von Zeit zu Zeit zuckte sie.

»Das muss es«, sprach Thorsteinn laut und zuversichtlich aus. Allerdings konnte er seine Beklemmung vor mir nicht verbergen. Ich spürte seine Gefühle durch die Bindung. »Wenn nicht, werden die Alphas ihre Strafe aussprechen.«

Sie darf nicht sterben. Nicht nach allem, was wir durchgemacht haben.

Bevor das geschieht, gehen wir weg. Wir fliehen und nehmen sie mit.

Ich schüttelte den Kopf. *Und wie lange würden wir ohne die Hilfe des Rudels überleben?* Der Totenkönig war mächtig geworden. Sogar, als wir auf Patrouille waren, hatten wir uns stark auf die Hilfe der anderen im Rudel verlassen. Bis wir uns gemeinsam gegen unseren Feind erhoben und ihn besiegten, würde der sicherste Ort für jede *Holzmouwa* unser Berg sein.

Wir erziehen sie zu Gehorsam, beharrte Thorsteinn. *Erst, wenn sie wirklich gezähmt ist, können wir ihre Sicherheit gewährleisten.*

Ich biss die Zähne zusammen, um nicht laut auszusprechen, was mir durch den Kopf ging: Ampfer würde nie gezähmt sein.

Thorsteinn bekam den hastig verdrängten Gedanken trotz allem mit. Er sah mich finster an. *Sie wird brechen. Dafür sorge ich.*

Armer kleiner Wildfang. Ich durchquerte die Hütte, hockte mich neben Ampfer und zog ihr ein Fell über die Schultern.

Ihre Stirn legte sich in Falten. Sie schleppte so viel an Last mit sich herum, sogar im Schlaf. Bestimmt würde sie uns erlauben, ihr wenigstens eine abzunehmen.

Wir müssen sie davon überzeugen, dass sie zu uns gehört. Wie wir es von Anfang an hätten tun sollen, sagte Thorsteinn.

Und wenn es nicht klappt? Ich fuhr mit einem Finger über die Stirn unserer Frau und wünschte, ich könnte die Sorgenfalten darauf glätten.

Das muss es.

Wir brachten nicht zum Ausdruck, was wir am meisten fürchteten: dass wir zu lange damit gewartet haben könnten, Ampfer zur unseren zu machen.

Ampfer

Eine raue Hand schüttelte mich in der Dunkelheit wach. Einen Moment lang fühlte ich mich ins Kloster zurückversetzt, wo ich zuerst von meinen Freundinnen und dann von einer wütenden Nonne mit einer Gerte geweckt wurde.

»Ampfer, Zeit zum Aufstehen«, sagte Vik mit rauer Stimme.

»Nein. Zu früh.« Ich wollte mir das Fell über den Kopf ziehen, aber er riss es mir weg.

»Du musst aufwachen«, sagte er lachend. »Wir haben einen langen Tag vor uns.«

Ich hob den Kopf und spähte mürrisch zur Dunkelheit, die sich durch den Eingang unseres Baumhauses abzeichnete.

»Du kannst jetzt gleich aufstehen oder nach einer Züchtigung. Deine Entscheidung.«

Verärgert setzte ich mich auf.

»Braves Mädchen.« Vik grinste.

»Wo ist Thorsteinn?«

»Zur Jagd unterwegs. Komm.« Er zog mich auf die Beine und führte mich zur anderen Seite der Feuerstelle, wo ein Topf mit dampfendem Wasser stand.

»Zuerst wirst du gewaschen.« Als er mein Wams hochzog, fing ich seine Unterarme ab.

»Früher durfte ich mich allein waschen.« Sie hatten mir dabei sogar Abgeschiedenheit zugestanden. Ich hatte mich selbst in der Nähe meiner Freundinnen immer geweigert, mich auszuziehen. Dabei spielten die Narben auf meinem Rücken nur teilweise eine Rolle. Ich wollte nicht, dass mich irgendjemand ohne meine Rüstung sah.

»Das war, bevor du weggelaufen bist. Jetzt wirst du dich bei allem auf uns verlassen. Beim Essen. Beim Schlafen. Beim Waschen.« Seine Stimme wurde tiefer. »Beim Vergnügen.«

Ich errötete und schaute weg. Sie hatten erst begonnen, mich in die Riten des Vergnügens einzuweihen, bevor sie zur Patrouille weggerufen wurden. Trotzdem erinnerte ich mich daran.

»Du erinnerst dich daran, oder?«, fragte er. »Wie wir dich festgehalten und uns um dich gekümmert haben.«

»Ja, ich erinnere mich.« Ich reckte das Kinn hoch. »Und dann seid ihr gegangen.«

»Das war töricht, und wir bedauern es sehr.«

Ich blinzelte über die Traurigkeit in seinem Tonfall.

»Komm.« Er zog mir das Wams aus. Als ich nach dem Waschlappen griff, gab er einen tadelnden Laut von sich. Ich knirschte mit den Zähnen und stand still, während er mir mit dem Tuch über den Nacken, die Schultern und über meine Brüste fuhr.

»Wir werden dich jeden Abend so waschen«, teilte er mir mit leiser Stimme mit. »Wir hätten es auch gestern schon getan, aber du bist so schnell eingeschlafen.«

»Ich ...« Nach der Züchtigung war ich meiner Erschöpfung erlegen. »Ich war müde.«

»Das wirst du jeden Abend sein. Wir werden dich auslaugen«, kündigte Vik an und ließ verschmitzt die Zähne aufblitzen.

Ich ließ den Kopf hängen. Mit gerunzelter Stirn hob er mein Kinn an: »Was ist denn, Kleines?«

»Ihr habt gesagt, ihr werdet Anspruch auf mich erheben. Aber was, wenn sich die Bindung nicht einstellt?«

»Das wird sie. Wir werden nicht aufhören, bis sie abgeschlossen ist.«

»Was, wenn es nicht möglich ist?«

»Lass das unsere Sorge sein.« Er rieb mit dem Tuch zwischen meinen Brüsten und wusch mich langsam die Vorderseite hinab. Als ich ihn wegstieß, gab er abermals einen missbilligenden Laut von sich. »Hände auf den Rücken«, befahl er. Als ich mich weigerte, klatschte er mir mit dem Tuch seitlich auf den Oberschenkel. Ich verdrehte die Augen, als ich schließlich tat, was er wollte. Je früher das Waschen vorbei wäre, desto besser.

Wenngleich nicht für Vik. Der riesige Krieger bückte sich über mich. Seine Berührungen erwiesen sich als überraschend sanft. An den Spitzen meiner Brüste ließ er sich

Zeit und rieb mit dem Tuch über sie, bis ich seufzte. Seine Mundwinkel krümmten sich nach oben, und ich ballte die Hände zu Fäusten, um ihn nicht zu schlagen.

»Komisch«, murmelte er, als er sich hinkniete und bückte, um mir mit dem Tuch zwischen die Beine zu fahren.

»Was?« Ich hielt mich an seinen breiten Schultern fest, um nicht das Gleichgewicht zu verlieren. Dabei knirschte ich mit den Zähnen. Seine Berührungen bewirkten nichts bei mir. Redete ich mir ein.

»Ich hätte gedacht, du würdest mittlerweile gegen mich ankämpfen.«

Ich zog eine Augenbraue hoch. »Willst du das denn?«, fragte ich über seinen Kopf hinweg. »Ich dachte, ihr wollt, dass ich gehorche.«

»Ich nicht.« Vik ließ die Zähne grinsend aufblitzen, während er das Tuch weiter zwischen meinen Beinen hindurchfädelte. Die Bewegungen endete einfach nicht, der Druck auf meine Mitte verstärkte sich. Schon bald würde er zu heftig werden, um ihm keine Beachtung zu schenken.

»Na gut«, erwiderte ich gedehnt. Einen Herzschlag lang hielt ich still. Im nächsten Moment warf ich mich rückwärts und trat schwungvoll gegen den Topf. Wasser spritzte überall hin. Obwohl ich Vik nicht hart getroffen hatte, landete er auf dem Rücken. Er brüllte auf, und ich erstarrte wie ein in die Enge getriebenes Kaninchen – bis ich merkte, dass er nicht brüllte, sondern ausgelassen lachte. Er richtete sich auf und kam triefnass auf mich zu, stapfte durch das Wasser, das sich auf den Bodenbrettern zu Lachen gesammelt hatte. Ich verlor meinen Vorsprung, als er vorpreschte und mich mühelos einfing. Ich schlug ihm auf den Rücken und rammte ihm die Knie in die Seite. Sein Körper erwies sich als so hart, dass ich mir selbst mehr wehtat als ihm. Wir endeten als ineinander verschlungener Haufen auf den

Fellen. Er ließ den langen Körper über mich fallen und drückte meine Handgelenke auf den Boden. Trotzdem wand und krümmte ich mich weiter.

»Ampfer.« Er lachte. »Gib auf, Süße. Kleine Schildmaid.«

»Niemals!« Ich trat nach oben und zielte zwischen seine Beine. Im letzten Moment drehte er sich weg, und ich stieß mir die Zehen an seinem steinharten Oberschenkel. Mir entfuhr ein spitzer Aufschrei, und er senkte sich auf mich, drückte mich nieder. »Wunderschön«, hauchte er. Hitze flutete meinen Körper. Seine Lippen suchten die meinen, und er murmelte: »Kleine Kämpferin. So lieblich und wild.«

Als er mich küsste, biss ich ihm in die Lippe.

»Ja.« Er knurrte und zog meinen Kopf an den Haaren zurück. Seine Lippen hinterließen ein Brennen auf meiner Kieferpartie, sein Bart scheuerte an meinem empfindlichen Hals. Sein riesiger Körper drückte mich nieder. Er stützte gerade genug von seinem Gewicht auf die muskelbepackten Oberarme, um mich nicht zu zerquetschen. Seine Hüften bedeckten die meinen, die Härte seiner Erregung drückte gegen mein Bein.

Irgendwann hörte ich auf, mich zu wehren, und fing stattdessen an, ihn zu küssen. Er hob den Kopf, um Luft zu schnappen. Mit einem Knurren packte ich eine Handvoll seiner Haare, schlang den anderen Arm um seine breiten Schultern und zog ihn zurück nach unten. Sein Lachen drang in meinen Mund.

Er schob den Oberschenkel zwischen meine Beine, rieb damit über meinen empfindsamen Schritt. Funken stoben in meiner sehnsüchtigen Mitte auf.

»Gefällt dir das?«, hauchte seine Stimme in mein Ohr. Sein Körper bedeckte den meinen. Seine Arme ruhten neben meinem Kopf, die langen Beine hatte er über mich ausgestreckt. Sein Knie bewegte sich langsam vor und zurück, drückte auf die perfekte Stelle. »Fühlt sich das gut an?«

»Ja.« Ich wölbte mich unter ihm. Meine Nippel richteten sich begierig auf. »Mehr.«

Sein düsteres, leises Lachen jagte mir ein Kribbeln über den Rücken. Er wogte weiter mit dem Oberschenkel zwischen meinen Beinen, raubte mir damit die Sinne. Ich bewegte mich mit dem berauschenden Takt. Meine Füße ertasteten den Boden und drückten mich nach oben, meine Hüften spannten sich an, um die Reize zu verstärken. Ohne auf Viks belustigtes Lachen zu achten, rieb ich mich an seinem schweren Oberschenkel. Mir wurde egal, dass Vik mich beherrschte. Mir wurde egal, dass er den Feind verkörperte. Ich gab mich den Empfindungen hin, die sich höher und höher schraubten, sehnte mich verzweifelt nach mehr.

Lust brach über mich herein. Ich schnappte nach Luft und bäumte mich auf, trommelte mit den Füßen auf den Boden.

»Gut«, lobte er mich. »Sehr gut, Kleines.«

Ich blinzelte. Vik richtete sich über mir auf und öffnete mit einer Hand seine Hose.

»Bleib«, befahl er mir und legte die Faust um seine Härte. Sein Blick loderte auf meinen Brüsten, meinen Beinen, meinem Gesicht. Ich bemühte meine matten Gliedmaßen und wollte mich aufsetzen.

»Nein«, herrschte er mich so streng wie Thorsteinn an. »Lieg still.«

Ich empfand es als Qual, regungslos mit pulsierender Mitte zu verharren, während er sich massierte. Zuvor hatten sich die Krieger mir gegenüber zurückhaltend gegeben. Zwar hatten sie mich reichlich mit sanften Berührungen und süßen Worten bedacht, aber sie hatten nie lodernde

Begierde in mir entfacht oder mich unerbittlich zu Ekstase getrieben.

Fasziniert beobachtete ich, wie sein Samen aus dem breiten Kopf der Eichel sprudelte und meine Brust bedeckte.

»Ja.« Vik schnurrte beinah. »Du wirst unseren Geruch tragen. So zeichnen wir dich, bevor du diesen Baum verlässt.«

»Wir gehen weg?«

»Willst du denn nicht weiter ausgebildet werden?«

»Ich dachte ...« Davor hatten sie mich ausgebildet, Übungskämpfe mit mir bestritten. Aber dann hatte sich alles geändert. »Ich dachte, ich soll bestraft werden.«

»Das ist deine Strafe«, erklärte er mir, ergriff meine Hand und fuhr damit durch seinen schimmernden Erguss, bis meine Haut glänzte. »Nach uns zu riechen. Unseren Geruch zu tragen. Von Verlangen in den Wahnsinn getrieben zu werden.«

Unwillkürlich presste ich die Beine zusammen. Ich wand mich, fühlte mich plötzlich leer. Das Aneinanderreiben meiner Schenkel linderte das Verlangen ein wenig.

»Das ist gut«, murmelte Vik. »So geht das.« Er schob mir die Hand zwischen die Beine. »Berühr dich.«

»Ich ... Ich weiß nicht, wie.«

»Du hast dich noch nie zum Höhepunkt gestreichelt? Nicht einmal im Kloster?«

Ich biss mir auf die Unterlippe und schüttelte den Kopf.

»Lass es mich dir beibringen.« Er setzte den Daumen an mir an und streichelte mit winzigen Bewegungen nach oben. »Nur eine hauchzarte Berührung. Fühlst du es?«

»Ja«, hauchte ich. Empfindungen rasten durch mich hindurch, steigerten sich zu einem Höhepunkt. Schließlich entfernte er die Hand.

»Warum hast du aufgehört?«

»Bestrafung.« Grinsend leckte sich Vik die Finger ab. »Ich will, dass du schwach bist und uns begehrst.« Lachend durchquerte er die Hütte und warf mir ein Bündel zu. Die Zeit für Vergnügen war vorbei, und ich sollte unbefriedigt bleiben.

Zornig stampfte ich mit den Füßen. Vik bewegte sich durch die Hütte, bereitete sich zum Aufbruch vor. Dabei schaute er nicht her. Er hatte gesagt, ich könnte mich berühren. Vielleicht könnte ich …

Kaum hatte ich die Hand an meine unteren Lippen gelegt, war Vik bei mir. »Oh nein, unartiges Mädchen.« Er legte mir die Handgelenke an die Seiten meines Körpers und hielt mich mühelos fest, als ich mich dagegen wehrte.

»Warum nicht?«, brüllte ich.

»Das hier« – er löste eine Hand und schob sie zwischen meine Beine – »gehört uns. Vergnügen erfährst du nur durch uns oder auf unseren Befehl.«

Ich warf mich unter ihm hin und her und schämte mich dafür, wie mühelos er mich festhielt. Nach einer Weile lag ich still.

»Braves Mädchen.« Er stand auf und zog mich hoch. »Du lernst.«

»Ich würde schneller lernen, wenn du aufhörst, mich zu ärgern.«

»Aber ich liebe es, dich zu ärgern.« Grinsend nahm er mein Gesicht in die Hände. Der zärtliche Ausdruck in seinen Augen ließ mir den Atem stocken. »Wir werden alles tun, was wir können, um dich an uns zu binden.«

Mein Körper sehnte sich immer noch nach mehr Zuwendung, aber seine sanfte Stimme linderte die aufgerissene Wunde in meinem Herzen.

»Du gehörst uns, Ampfer. Wir werden dich für immer

an uns binden, damit du uns nie wieder verlässt.«

Vik

AMPFERS DUNKLE AUGEN blickten in meine. In letzter Zeit hatte sie hart und misstrauisch gewirkt. Aber als ihr Körper entspannt und gerötet von ihrem Höhepunkt war, sah sie anders aus. Hoffnungsvoll.

Mein Samen schimmerte auf ihrer Haut. Mein Geruch vermischte sich mit ihrem. Das gefiel meiner inneren Bestie.

Durch meine Brust grollte ein zufriedenes, halbes Knurren. Ich rieb die Wange an ihrer und bewegte den Kopf so, dass mein Bart erst über ihre Stirn, dann über ihre linke Wange nach unten strich. Als ich es tat, flammte etwas in der offenen Bindung auf. Eine leichte Berührung, zart wie ein Schmetterling, der sich auf einer Blume niederlässt. Flüchtig, gleich wieder verschwunden. Aber es war vorhanden gewesen.

Eine dritte Gegenwart lauerte erwartungsvoll in meinem Kopf. Ich übermittelte meine Frage über die Bindung an Thorsteinn. *Hast du das gespürt, Bruder?*

Ja. Auch er ließ ein Hauch von Hoffnung erkennen. Dann jedoch fügte er verhaltener hinzu: *Was hast du gemacht?*

Ich erwiderte nichts. Auch Thorsteinn reizte ich gern. Er würde nicht erfreut darüber sein, dass ich sie ohne ihn berührt hatte. Aber wenn wir sie von Anfang an berührt hätten, wären wir vielleicht nicht in dieser Zwickmühle.

Ampfer seufzte, als ich sie losließ. Ihr Blick folgte mir,

als ich das Bündel holte, das ich für sie vorbereitet hatte. »Hier. Zieh dich an.«

Während sie es tat, traf ich die letzten Vorkehrungen für den Aufbruch, sammelte meine Waffen ein und löschte das Feuer.

Als ich mich umdrehte, stand sie immer noch nackt über die Kleidung gebückt, die ich ihr gegeben hatte.

»Ampfer? Stimmt etwas nicht?«

Ihr Kopf zuckte weg. Sie rührte sich nicht. Weinte sie etwa beinah? Sie weinte sonst nie.

»Du hast sie ersetzt.« Ihr Kinn bebte.

Sie hielt den neuen Kittel und die neue Hose, die wir ihr besorgt hatten. Wir hatten von Anfang an gewusst, dass sie keine Kleider mochte. Eine Hose war unser erstes Geschenk an sie gewesen, kaum einen Tag, nachdem wir sie aus dem Kloster geholt hatten.

»Gefällt sie dir nicht? Ich dachte, du bevorzugst Hosen.«

»Das tue ich.« In ihren Augen glitzerten unvergossene Tränen, die mich mehr erschreckten, als es eine Horde von *Draugr* vermocht hätte. »Du hast dich daran erinnert.«

»Du bist eine Jägerin und Kämpferin. Dafür eignen sich Hosen viel besser als ein Kleid.«

»Ich weiß.«

»Was ist dann? Was stimmt nicht?«

»Die Krieger haben gesagt, ich wäre seltsam. Sie wollten mich dazu bringen, ein Kleid zu tragen.«

»Welche Krieger? Wo?« Ich würde sie alle umbringen.

»Auch die Nonnen. Sie haben mich geschlagen, wenn ich ...« Sie hob die Hose an.

Mein Blick wanderte von ihr zu dem Kleidungsstück. »Die Nonnen sind nicht hier. Wenn sie es wären ...« Ich ließ die Drohung unvollendet. Frauen tötete ich ungern. Aber ich würde es tun, wenn es Ampfer glücklich stimmte.

»Niemand wollte mich Hosen tragen lassen. Niemand«, wiederholte sie. Ihr Blick heftete sich eindringlich auf mein Gesicht. »Außer dir.«

»Ja, sicher. Sie eignen sich besser für Übungskämpfe.« Aus ihren Augen sprach solche Erfüllung, als sie mich ansah, dass ich es nicht ertragen konnte. »Außerdem war ich das nicht.« Ich wich zurück, schnappte mir meinen Schleifstein und steckte ihn ein. »Das war Thorsteinn. Er hat das eine oder andere Dorf geplündert, um Hosen zu besorgen. Kein großer Aufwand.« Das stimmte nicht. Nur das erste Paar, das wir ihr gegeben hatten, war geplündert gewesen. Danach hatten wir jemanden gefunden, der uns für bare Münze Hosen anfertigte.

»Komm jetzt«, forderte ich sie barsch auf. »Zieh sie an. Wir müssen los.«

Hastig schlüpfte Ampfer hinein, als fürchtete sie, ich könnte es mir anders überlegen.

»Wenn wir uns beeilen, bleibt noch Zeit zum Üben, bevor Thorsteinn zurückkommt. Da du brav warst, darfst du selbst hinunterklettern.«

Darüber lächelte sie verhalten. Sie liebte ihre Unabhängigkeit. Ich musste mir auf dem Weg nach unten auf die Zunge beißen, denn ich sorgte mich wie ein altes Weib, dass sie abstürzen könnte. Aber sie schlängelte sich geschickt wie ein Eichhörnchen den Stamm hinunter und sprang wohlbehalten zu Boden.

»Einige der Krieger sind der Meinung, du solltest eingesperrt sein«, teilte ich ihr mit, nachdem wir beide unten angekommen waren. »Eingesperrt, an einen Felsen gekettet oder Schlimmeres.«

Stirnrunzelnd drehte sie das Gesicht weg.

»Jedenfalls wird ihnen nicht gefallen, dich frei auf dem

Berg herumlaufen zu sehen. Bleiben an meiner Seite. Ganz nah, als wärst du angeleint.«

Sie verzog mürrisch das Gesicht. Ich packte mit festem Griff ihr Kinn.

»Du gehorchst uns, oder du bekommst Fußfesseln angelegt.«

Trotzig presste sie die Lippen zusammen. Ich tätschelte sie unter dem Kinn.

»Gehorch. Dann wird es leichter für dich. Aber wenn du gegen uns ankämpfst ... wird es für uns unterhaltsamer.«

Während des gesamten Wegs zum Übungsplatz schaute sie nachdenklich drein. Den Ort hatten wir eingerichtet, kurz nachdem wir sie zum ersten Mal hergebracht hatten. Ein paar Mal hatten wir ihn benutzt, bevor die dichten Schneefälle eingesetzt hatten. Sie wollte unbedingt eine Kriegerin sein, und wir kamen ihr entgegen, gaben ihr Hosen und Waffen, ließen sie die Haare kurz schneiden. Wir wollten sie auf unsere Weise umwerben, aber wann immer wir sie berührt hatten, war sie zurückgeschreckt. Wir hielten das für eine Folge ihrer Gefangennahme durch den Feind und gewährten ihr Freiraum. Aber die Kluft wurde immer größer. Schließlich lebten wir wie drei Krieger zusammen, Seite an Seite zwar, aber nie näher. Als wir zur Patrouille gerufen wurden, erschien es uns einfacher, zu gehen und nach unserer Rückkehr von vorn anzufangen.

Womit wir uns geirrt hatten. Wir hätten alles tun sollen, um Ampfer an uns zu binden, sie zu unserer wahren Gefährtin zu machen. Wir hätten sie berühren und necken sollen, bis sie sich an uns geklammert hätte. Hätten wir richtig Anspruch auf sie erhoben, dann hätten wir uns dagegen gewehrt, auf Patrouille zu gehen. Oder zumindest hätten wir klar gemacht, dass wir Ampfer nicht aufgaben. Es war ein Fehler gewesen, sie zu verlassen.

Mein Magen krampfte sich zusammen. Wir würden es wiedergutmachen, würden alles tun, um uns ihre Nähe zu sichern. Thorsteinn mit seinen strengen Regeln, ich mit meinen Berührungen, meinen Scherzen und meinen verspielten Methoden.

Dieser Morgen hatte bewiesen, dass sie darauf ansprach. Gern hätte ich sie erschlafft und entspannt auf den Fellen gelassen, hätte ich nicht einen Ausbildungstag geplant. Natürlich konnte man Pläne auch ändern ...

»Was machen wir hier?«, fragte Ampfer. Draußen wurde sie lebendig. Ihre Wangen röteten sich, ihre Augen leuchteten. Ich fuhr mit der Hand ihren Rücken hinab und genoss den Schauder der Vorfreude, der ihren Körper durchlief. Vielleicht würden wir gar nicht zum Üben kommen. Dort unter den Schierlingen gab es ein weiches Fleckchen Boden ...

»Vik.« Ampfer stupste mich. Ich fing ihren Arm ab und küsste ihre Handfläche knapp oberhalb des Gelenks. Ein weiterer Schauder. Ich berührte mit der Zunge die empfindliche Stelle und genoss es, wie sie zappelte, bevor ich sie losließ. Das würde sie lehren, mich zu stupsen.

»Erinnerst du dich an den Unterricht?« Ich schwenkte eine Hand über die Lichtung.

»Ein bisschen.« Eine schmale Linie erschien auf ihrer Stirn, als sie nachdenklich dreinschaute. »Es ist lange her.«

Zu lange. Unsere Schuld. »Hier.« Ich warf ihr mein langes Messer zu. Es blieb im Boden zu ihren Füßen stecken. »Heute üben wir das Werfen.«

Ich wies sie an, auf den Stamm eines sterbenden Baums zu zielen. Nach ein paar Versuchen stellte ich mich hinter sie und berichtigte ihre Haltung, nutzte jede Gelegenheit, um mit den Händen über ihren Körper zu streichen. Ihr erster perfekter Wurf folgte bald darauf, und ich belohnte sie, indem ich ihre Brust streichelte, die Hand um ihren Hals legte und mein Gesicht an ihrem Haar rieb. Sie roch immer noch nach mir.

»Warum tust du das?«, fragte sie, nachdem ich mich zurückgezogen hatte. Ihre Augen leuchteten, ihre Wangen waren gerötet. Wenn wir mit dem Werfen fertig wären, würde ich sie an einen Stein lehnen, ihre Beine weit spreizen und sie zum Höhepunkt lecken, beschloss ich.

»Du wirst schon sehen.« Ich holte mein zweites Messer heraus und warf es auf den Baum. Es schlug neben ihrem ein und blieb zitternd stecken. Die Griffe berührten sich fast. Zusammen marschierten wir hin, um unsere jeweiligen Klingen zurückzuholen.

»Dem Rudel wird es nicht gefallen, eine bewaffnete Frau zu sehen, die kämpft.«

»Wenn es die anderen stört, ist das nicht mein Problem. Sie sind nicht für dich zuständig. Das sind wir. Abgesehen davon«, fügte ich hinzu und zog meine Klinge mit einem schnellen Ruck heraus, als sie dasselbe tat, »würden sie sich nicht daran stören, dass du mit Messern wirfst. Eher am Anblick einer Frau, die Männerkleidung trägt.« Ich deutete mit dem Kopf auf ihre eigenartige Aufmachung.

Nie würde ich ihr Gesicht vergessen, als wir ihr die Kleider überreicht hatten, die sie tragen wollte. Mit bebenden Lippen hatte Ampfer sie fest an sich gedrückt. Näher war sie Tränen vor uns noch nie gewesen.

Bei dem Gedanken runzelte ich die Stirn. Hatten wir sie wirklich noch nie weinen gesehen? Nicht einmal, als sie sich auf dem langen, schrecklichen Weg vom Kloster zum Berg auf der Flucht vor dem Zugriff des Totenkönigs das Bein gebrochen hatte?

»Ich weiß, ich bin ein seltsamer Anblick«, sagte sie. »Die anderen *Holzmouwas* haben mich oft aufgezogen.«

»Deine Freundinnen?« Ich senkte die Stimme auf ein tiefes Knurren.

»Sie sind nicht alle meine Freundinnen.«

»Ich dachte, du stehst ihnen nah.«

Sie zuckte mit den Schultern. »Das habe ich versucht, aber sie mögen mich nicht. Ich bin anders als sie.« Ampfer achtete auf eine ausdruckslose Miene.

»Weil du einen Bogen angefertigt hast und jagen wolltest? Weil du lieber Hosen statt Kleidern trägst und dich vor Hausarbeit gedrückt hast, um auf Bäume zu klettern?«

»Ja«, bestätigte sie abwesend. »Sie haben mich regelmäßig verpetzt.«

»Und dann haben die Nonnen dich geschlagen.«

»Und dann haben die Nonnen mich geschlagen. Sie haben Gerten benutzt, bis klar wurde, dass ich nicht schreien würde. Obwohl sie mich so hart geschlagen haben, dass meine Haut gezeichnet wurde, habe ich keinen Mucks von mir gegeben. Die Genugtuung wollte ich ihnen nicht gönnen. Ein paar der Waisen haben mich verhöhnt und mir prophezeit, dass ich das nächste Mal weinen würde.«

Ich wandte mich ab, um einen plötzlichen Anflug von Wut zu verbergen. »Sie haben dir nicht beigestanden? Einer der ihren?« Ich würde sie aufspüren und dafür bezahlen lassen.

»Einige der Waisen haben sich sogar dafür eingesetzt, dass ich bestraft wurde. Am schlimmsten war …« Sie biss sich auf die Unterlippe.

»Wer? Wer war am schlimmsten?« Hätte Ampfer nicht von Frauen gesprochen, ich hätte die Übeltäter zu einem Kampf herausgefordert. So würde ich eher verlangen, dass sie bestraft wurden. Mit öffentlicher Auspeitschung.

»Rosalind.«

Als ich den Namen hörte, ernüchterte ich. Rosalind war

die besinnungslose Frau, die ein Stein aus Ampfers Schleuder getroffen hatte.

»Hast du sie deshalb verletzt?«

»Nein«, widersprach Ampfer schnell, lieferte aber keine andere Begründung. Sie warf ihr Messer und traf das Ziel perfekt, dann riss sie mir mein Messer aus den Händen und warf es hinterher.

~

Ampfer

ICH BISS mir auf die Unterlippe, als Vik zum Ziel stapfte und die Messer herausriss, als hätten sie ihn persönlich beleidigt. Er kam zurück. Aber anstatt mir die Messer zu geben, warf er sie selbst. Als ich sie holen wollte, hatte ich Mühe, sie herauszuziehen, weil sie so tief im Stamm steckten.

»Warte.« Viks Schatten fiel über mich, als ich das erste Messer mit einem Ruck befreite. Ich taumelte rückwärts, und er stützte mich mit den großen Händen an meinen Hüften. »Lass mich.«

Als ich den Griff des zweiten Messers packte, schloss sich seine Hand über meine. Zusammen befreiten wir die zweite Klinge. Er drehte mich zu sich herum und hielt das Messer zwischen uns.

»Wenn du eine Gelegenheit siehst, das Messer zu werfen, dann nutz sie. Ziel auf den Oberkörper, so ist die Chance größer, etwas zu treffen. Wenn du den Wurf abgeschlossen hast, rennst du weg. Versprich mir, dass du nicht versuchen wirst, zu kämpfen.«

Er strich mir das Haar aus dem Gesicht und ergriff mein

Kinn.

»Warum hat Rosalind dich gequält?«

Ich wollte den Kopf wegdrehen, aber er hielt ihn fest.

»Ihr wart beide Waisen.« Er musterte meine Züge. »Im Kloster gesammelte *Holzmouwas*. Warum habt ihr euch nicht zusammengetan und euch befreit?

»Das habe ich versucht. Ich wollte das für uns.« Ich hatte Thorsteinn und Vik davon erzählt, wie ich während meiner Zeit im Kloster das Jagen und Suchen nach Nahrung gelernt hatte. Ich hatte mir selbst beigebracht, vom Land zu leben, damit ich eines Tages ausreißen könnte, um mir im Wald ein Zuhause zu suchen und mich allein durchzuschlagen. »Ich wollte weglaufen, und ich war bereit, meine Freundinnen mitzunehmen.«

»Auch Rosalind?«

»Anfangs vielleicht schon. Aber dann hat sie mich verraten.« Ich schüttelte den Kopf. »Wir haben nicht miteinander geredet, obwohl ich wusste, dass auch sie Pläne hatte, zu verschwinden.« Rosalind hatte zu den jungen Frauen gehört, die der Ordensbruder für seine Zuwendungen auserkoren hatte. Ich hatte gedacht, sie würde mit mir zusammen die Flucht planen. Stattdessen hatte sie mich unseren Aufpassern gemeldet. Selbst nach all der Zeit schmerzte dieser Verrat noch immer.

»Sie war mit dir in der Hütte der ungepaarten *Holzmouwas*«, murmelte Vik.

»Ja. War sie.« Dort hatten wir uns tagelang gemieden, bevor wir in alte Muster verfielen. Die anderen waren neugierig, warum ich den ganzen Winter mit zwei Kriegern zusammen gewesen war. *Wo sind sie jetzt? Warum haben sie dich hier gelassen?* Als ich schwieg, weil ich keine Antwort wusste, sprach Rosalind für mich. *Ist das nicht offensichtlich? Die Krieger, die sich mit ihr gepaart hatten, wollten sie nicht mehr.* Rosalind hatte die Wahrheit als Erste ausgesprochen. Damals lachte sie über meinen verblüfften Gesichtsausdruck. *Ist schon gut, Ampfer. Wir sind hier alle unerwünscht.*

»Hast du mit ihr gesprochen?«, fragte Vik und holte mich aus der grausamen Erinnerung. »Hatte sie Pläne, zu gehen?«

Ich blickte ihm suchend ins bärtige Gesicht, während er mich genauso suchend musterte. »Habt ihr den Alphas nicht erzählt, ich hätte sie in die Irre geführt?«

Er gab einen frustrierten Laut von sich. »Wir haben den Alphas gesagt, was sie hören mussten. Jetzt will ich es von dir hören. Du hast gesagt, Rosalind ist gegangen, und du bist ihr gefolgt. Ich versuche, es zu verstehen.« Aus seinem Gesicht sprach Aufrichtigkeit.

Vik und Thorsteinn behaupteten, die Wahrheit wissen zu wollen. Aber stimmte das auch? Thorsteinn hielt mich für wild und verlangte meinen Gehorsam, aber Vik … Vielleicht bestand die Chance, dass er mir glauben würde. Auch wenn ich ihm nicht alles verraten konnte.

»Rosalind hat davon gesprochen, den Berg zu verlassen, ja. Sie war beunruhigt.« Es fühlte sich falsch an, schlecht über eine Frau zu reden, die an der Schwelle zum Tod stand. Doch diese Äußerung empfand ich nicht als Verrat an ihr. »Aber in der Nacht, als sie gegangen ist, war es … seltsam.«

»Seltsam? Inwiefern?«

»Ich weiß nicht«, flüsterte ich. Wie konnte ich beschreiben, was ich nur gefühlt hatte? »Es war dunkel, trotzdem hat mir der Mond genug Licht gespendet, um etwas zu sehen. Ich bin hinter Rosalind hergerannt, aber sie blieb mir immer weit voraus. Ich bin ihrem goldenen Haar gefolgt. Da waren Patrouillen, aber …« Ich schüttelte den Kopf. »Der Nebel hat uns verhüllt. Rosalind und ich sind durch die

Schwaden gegangen, und es war fast so, als könnten uns die Krieger nicht sehen.«

Vik sah mich mit ausdrucksloser Miene an. Ich ließ den Kopf hängen. »Ich hab ja gesagt, es war seltsam.«

»Ja«, meinte er langsam. »Aber es ist schon Seltsameres vorgekommen. Ampfer – glaubst du, es könnte Magie im Spiel gewesen sein?«

»Das weiß ich nicht. Ich hatte einfach das Gefühl, Rosalind einholen zu müssen. Ich hatte das Gefühl, es wäre meine Schuld, dass sie gegangen ist. Weil ich vor ihr davon gesprochen hatte, dass ich flüchten wollte. Nur hätte ich nicht gedacht, sie wäre mutig genug, es selbst zu versuchen.« Elend sprach ich an meine Füße gewandt. »Du siehst also ... es war gar nicht gelogen, als ihr den Alphas erzählt habt, ich hätte sie in die Irre geführt.«

»Du fühlest dich schuldig, weil sie aus eigenem Antrieb gegangen ist?«

»Ja. Es ist meine Schuld. Sie ist gegangen, und jetzt ist sie verletzt. Alles ist meine Schuld.«

»Nicht nach dem, was du mir erzählt hast«, meinte Vik langsam. »Das klingt vielmehr, als wären andere Kräfte am Werk gewesen. Ampfer, was ist passiert, nachdem ihr den Berg verlassen hattet?«

Ich schüttelte den Kopf. »Du weißt, was passiert ist.«

»Ich weiß nur, dass Rosalind und du den Berg verlassen haben. Ich weiß, dass die Berserker euch beide gefunden haben, sie bewusstlos mit einer Wunde an der Schläfe, dich mit einer Schleuder über ihr. Ich will deine Fassung hören.«

»Was spielt das für eine Rolle?«

»Für mich spielt eine Rolle, was du zu sagen hast.«

Als ich die Lippen zusammenpresste, stupste er mich. »Erzähl es mir, Ampfer. Ich höre zu.«

Er würde zuhören, aber konnte ich ihm sagen, was ich

vermutete? Nämlich, dass Rosalind mit dem Totenkönig unter einer Decke gesteckt hatte? Und dass ich sie aufhalten musste, bevor es zu spät gewesen wäre?

»Ich wollte Rosalind nicht verletzen«, sagte ich schließlich. »Ich musste es tun. Um unser Leben zu retten.«

»Was?« Er legte den Kopf schief. »Wie meinst du das? Um euer Leben zu retten ... wart ihr in Gefahr?«

Wenn ich ihm noch mehr erzählte, würde ich Rosalind zur Verräterin stempeln. Das konnte ich nicht. Wenn sie überlebte, würde ihr nach dem Erwachen der Zorn der Alphas blühen. Und auch, wenn sie stürbe, wollte ich nicht, dass sie vom Rudel als Verräterin betrachtet wurde.

Seufzend ließ ich den Kopf hängen.

»Es hat keinen Zweck«, ertönte hinter uns eine raue Stimme. Vik seufzte ebenfalls, als Thorsteinn in Sicht geriet. Der grauäugige Krieger zog eine Braue hoch, als er von oben auf mich herabblickte. »Sie wird uns nicht die Wahrheit sagen.«

Er hatte recht, aber es war nicht länger eine Frage des Willens. Ich *wollte* es ihnen sagen. Ich berührte sogar meine Lippen, um sie zu zwingen, sich zu bewegen.

Wut schoss mir heiß durch den Körper, aber ich widersprach nicht. Das war meine Buße dafür, dass ich Rosalind verletzt hatte. Sollte jeder glauben, was er glauben wollte.

Thorsteinn

AMPFER WANDTE sich mit angespannter Kieferpartie von mir ab. Das dunkle Haar fiel ihr ins Gesicht und bildete einen

Schleier zwischen uns.

Musstest du uns unterbrechen? Vik warf sein Messer nach mir. Es prallte mit dem Griff voraus von meiner nackten Brust ab. Dadurch wusste ich, dass er mich nicht umbringen wollte. Obwohl ein schlichter Messerwurf einen Berserker sowieso nicht töten könnte. Ich hob das Messer auf und testete die Klinge an meiner Handfläche. Die scharfe Kante zog eine brennende, rote Linie über meine raue, schwielige Haut. Die Wunde verheilte sofort.

»Habe ich mich geirrt?«, fragte ich laut. »Ampfer, wolltest du etwas sagen?«

»Nein. Nichts.«

Mit hochgezogener Augenbraue sah ich Vik an. *Siehst du? Sie vertraut uns nicht.*

Das wird sie auch nie, wenn du sie verhöhnst.

Du verhöhnst sie die ganze Zeit.

Auf völlig andere Art. Er hob die Hand, verlangte stumm von mir, das Messer zu ihm zurückzuwerfen. Ich zielte knapp an ihm vorbei, und er fing es aus der Luft. *Sie mag es, wenn ich sie necke. Was du zu ihr sagst, verletzt sie.*

Gewissensbisse überkamen mich. Ich verdrängte sie. *Das ist mir egal, solange sie gehorcht.* Laut sprach ich aus: »Zeit, dein Jagdgeschick zu nutzen. Wir brauchen Fleisch.« Ich schnallte einen Bogen und einen Köcher voll Pfeilen von meinem Rücken ab und warf beides vor Ampfers Füße.

Sie hob Pfeil und Bogen auf und untersuchte sie sorgfältig. Dabei bemerkte ich ein Aufflackern von Erregung in ihrem Gesicht, obwohl sie es zu verbergen versuchte. »Ich dachte, du wärst auf der Jagd«, sagte sie, als sie sich den Köcher über die Schulter schlang.

»War ich«, gab ich zurück. »Aber nicht nach Fleisch. Komm mit.« Ich setzte mich in den Wald in Bewegung. Etwas zischte an meinem Gesicht vorbei und blieb in einem

Baumstamm stecken. Das gefiederte Ende eines Pfeils vibrierte einen Fingerbreit vor meinem Gesicht.

Ich wirbelte herum und schleuderte Ampfer einen wütenden Blick zu, die Schultern angespannt, als wollte ich mich auf sie stürzen. Sie starrte genauso finster zurück. Seelenruhig zupfte sie an der Bogensehne. »Ich kann es noch«, erklärte sie. Wäre ich nicht so wütend gewesen, dass ich sie am liebsten übers Knie gelegt hätte, ich hätte Stolz auf sie empfunden.

Vik lachte, als wäre er betrunken. »Du hast sie bewaffnet.«

»Du hast ihr das Schießen beigebracht.« Als ich etwas von meinem zornigen Blick für ihn erübrigte, lachte er nur umso ausgelassener.

»Hat er nicht«, protestierte Ampfer und zog die schwarzen Brauen zusammen. »Das habe ich mir selbst beigebracht. An manchen Tagen im Waisenhaus hatte ich zu essen, was ich gejagt hatte, oder gar nichts. Und ich habe mit anderen Waisen geteilt, denen das Essen verweigert wurde.«

Vik hörte auf zu lachen. »Sie waren grausam zu dir«, stellte er knurrend fest. »Wir hätten dort alles dem Erdboden gleichmachen sollen, als wir die Gelegenheit dazu hatten.«

»Es ist inzwischen alles weg«, sagte Ampfer, doch ihr Gesicht zeugte noch immer vom Schmerz unzähliger schrecklicher Erinnerungen. »Der Totenkönig hat es zerstört, und alle sind umgekommen. Das haben die Berserker mir und den anderen ungepaarten *Holzmouwas* erzählt. Alle Nonnen sind gestorben. Alle außer Juliet.«

»Sie haben bekommen, was sie verdient hatten«, sagte ich mit knurrendem Unterton.

»Vielleicht.« Mit gesenktem Haupt marschierte Ampfer

an mir vorbei. Ein Schritt, und ich hatte sie eingeholt. Sie brauchte zwei Schritte für einen von mir.

»Du findest nicht, dass sie bekommen haben, was sie verdient hatten. Aber sie haben dich misshandelt.«

»Ich war daran gewöhnt«, erwiderte sie schlicht. »Zumindest haben sie mir nie versprochen, sie würden sich um mich kümmern, nur um mich dann trotzdem im Stich zu lassen.«

Ich trat vor sie hin, wodurch sie jäh abbremsen musste. »Wir haben dich nie im Stich gelassen.«

»Ihr habt mich in der Hütte der ungepaarten *Holzmouwas* abgesetzt. Und dann seid ihr gegangen.«

»Wir wollten zurückkommen.«

»Und was tun?«

»Dich behalten.« Ich tippte ihr unter das Kinn, neigte ihren Kopf nach oben. Sie sah mir trotzdem nicht in die Augen. Ihr leerer, abwesender Blick gefiel mir nicht. »Anspruch auf dich erheben.«

»Ihr wolltet mich nicht. Die anderen haben mich damit aufgezogen, und letztlich habe ich es begriffen.«

»Wer hat dir das gesagt? Wer hat dich aufgezogen?«

»Das spielt keine Rolle. Es zählt nur, dass ihr gegangen seid.«

»Wir sind zurückgekehrt.«

»Als es zu spät war.« Sie zuckte weg und entfernte sich einen Schritt.

Ich versperrte ihr den Weg. »Es ist noch nicht zu spät«, behauptete ich knurrend. »Du gehörst uns. Du wirst dich uns fügen. Wirst dich uns hingeben.«

Sie erwiderte nichts. Das musste sie auch nicht. Der Trotz stand ihr deutlich ins Gesicht geschrieben.

»Du *wirst* nachgeben«, versprach ich ihr und ging ihr aus dem Weg.

3

Ampfer

Den restlichen Tag verbrachten wir auf der Jagd, während die Sonne langsam unterging. Thorsteinn und Vik benutzten Wurfmesser, ich erwies mich ihnen mit meinem Bogen als mehr als ebenbürtig. Letztlich marschierten wir mit erlegtem Kleinwild nach Hause, aufgeschnürt an einem Stock, den Vik über der Schulter trug.

Ich fühlte mich selbst wie Wild, gefesselt und eingekeilt zwischen zwei Kriegern. Zwar hatten sie nichts getan, um mich zur Unterwerfung zu bewegen, aber allein ihre Anwesenheit erinnerte mich daran.

Vor allem, als Thorsteinn mich plötzlich hinter einen Felsbrocken schob und nach unten drückte. »Knie dich hin«, flüsterte er barsch. Ich schleuderte ihm einen finsteren Blick zu, aber er sah mich nicht an.

»Andere Krieger«, murmelte Vik, und ich begriff. Man

sollte mich nicht frischfröhlich und frei im Wald herumlaufen sehen. Ich sollte in einen Käfig gesperrt oder in eine
Grube geworfen sein – oder was immer sonst als Strafe galt.

Also sank ich hinter dem Felsenbrocken auf den Boden
und zog die Knie an die Brust.

»Bleib«, befahl Thorsteinn, als wäre ich ein Haustier. Er
verschwand, bevor ich ihn anherrschen konnte. Der Wind
trug mir gerufene Grüße und Gesprächsfetzen zu. Ich
wartete und lauschte. Sollte es künftig so sein? Dass ich nie
allein herumlaufen dürfte? Dass ich gezwungen sein würde,
mich zu verstecken, damit niemand mein verachtetes
Gesicht erblickte? Bisher erwies sich meine Bestrafung
durch Thorsteinn und Vik als äußerst harmlos. Aber was
für ein Leben würde ich haben, wenn ich bei ihnen bliebe
und die Bindung mit ihnen einginge? Würde ich mich je
unter das Rudel oder meine Freundinnen mischen können?
Niemand glaubte mir, dass ich nichts Unrechtes getan hatte.
Hinter den Steinen kauernd lauschte ich auf Gesprächsfetzen und musste folgern, dass sich meine Krieger für mich
schämten.

Ich schlich um die Felsbrocken herum und versuchte,
etwas zu sehen. Der Wind nahm zu. Angenehmere Klänge
lagen darin – eine unbeschwert singende Stimme. Sie
stammte von hinter mir. Geduckt huschte ich hinter den
Felsbrocken verborgen zu einer Reihe von Büschen und
kroch weiter, bis ich aufstehen konnte. Hinter einem
Dickicht aus Dornengestrüpp befand sich die Gestalt einer
Frau, die sich abwechselnd aufrichtete und bückte. Eine
Holzmouwa, die mit einer Hacke einen Garten bearbeitete.
Als sie sich wieder aufrichtete und sich mit einem sonnen-
gebräunten Arm über die Stirn wischte, erkannte ich sie.

»Hasel«, flüsterte ich. »Hasel.«

Sie erschrak und hob die Hacke wie eine Waffe an. Was

mich beinah zum Lächeln brachte. Sie war immer eine der mutigsten Waisen gewesen.

Hasel schaute zum Gestrüpp. Als sie mich erblickte, wurden ihre Augen groß. »Ampfer? Du bist hier? Versteckst du dich?«

»Nicht mehr. Ich wurde erwischt. Meine Aufpasser sind in der Nähe.« Ich deutete mit dem Daumen in Thorsteinns und Viks Richtung und hoffte, sie hatten mein Verschwinden nicht bemerkt.

»Geht es dir gut? Mein Gefährte hat gesagt, du wärst fast vom Totenkönig entführt worden. Schon wieder.« Sie wirkte besorgt. Vielleicht hatte sie noch nichts von meinen Untaten gehört. Oder vielleicht glaubte sie auch nur, ich würde etwas so Schreckliches nicht ohne guten Grund tun. »Was ist passiert?« Sie strich sich das Haar aus dem Gesicht und hinterließ dabei einen dunklen Schmutzfleck.

Ich sollte ihr nicht die Wahrheit sagen. Andererseits konnte ich ihre Anteilnahme nicht mit Lügen vergelten.

Also sagte ich ihr doch die Wahrheit. »Rosalind hat den Berg verlassen. Ich bin ihr nachgelaufen.«

»Wirklich?« Ihre Augen wurden noch größer. »Warum sollte sie weglaufen?«

»Das weiß ich nicht.« Ich hatte zwar Vermutungen, doch mir erschien besser, mich an das zu halten, was ich wusste.

Hasel biss sich auf die Unterlippe und schaute weg. Ich wusste, was sie fragen wollte, bevor sie es aussprach. »Die sagen, du hättest sie getötet.«

Schmerzliches Entsetzen durchzuckte mich. »Also ist sie tot?«

»Noch nicht. Ampfer, was ist passiert?«

Ich rückte näher zu ihr, damit der Wind unsere Stimmen nicht übertrug. »Das kann ich dir nicht sagen. Es geht einfach nicht. Vielleicht wenn sie aufwacht ...«

»Sag mir wenigstens etwas.« Hasel sah mir tief in die Augen. »Hast du versucht, sie umzubringen?«

»Nein.« Es fühlte sich so gut an, darauf zu antworten. Hasel hatte mich als Erste unverblümt gefragt, statt Annahmen zu treffen.

»Aber du hast auf sie geschossen?«

»Ich musste es tun, Hasel. Das musst du mir glauben.« *Bitte glaub mir, obwohl es sonst niemand tut.*

Nach einer kurzen Pause nickte sie entschieden. »Ich glaube dir.«

»Ampfer?«, rief eine raue, entfernte Stimme. Vik.

»Ich muss los«, flüsterte ich und robbte ohne ein weiteres Wort rückwärts durch das Gestrüpp.

Hasel bückte sich und rief mir leise hinterher: »Pass auf dich auf, meine Freundin.«

Ich kroch zurück in die Richtung, aus der ich gekommen war. Ich erreichte meinen Platz hinter den Felsbrocken, kurz bevor Vik um die Ecke lugte und mir ein Zeichen gab.

»Komm.«

»Gehen wir weiter auf die Jagd?« Ich richtete mich auf, wischte mir das Laub vom Wams und hoffte, er würde es nicht bemerken.

»Natürlich.« Er ergriff meine Hand. Seine Schritte wurden länger, bis ich neben ihm rennen musste.

»Haltet ihr das für klug?« Vor ihm wartete Thorsteinn auf dem Pfad. Zuvor hatte er den anderen Kriegern beinah freundschaftlich auf die Schultern geklopft, nun jedoch schaute er mürrisch drein. »Will das Rudel nicht, dass ich bestraft werde?«

»Oh, wir haben ihnen gesagt, du wärst in einen so kleinen Käfig eingesperrt, dass du dich darin nicht mal rühren kannst«, erwiderte Vik.

Ich schnappte nach Luft, aber dann zwinkerte er mir zu, und ich wusste, dass er scherzte.

»Einen Käfig könnte ich ertragen«, teilte ich ihm mit. »Das wäre eine angenehme Erholung.«

»Der Käfig, der mir vorschwebt, wäre keine Erholung«, murmelte er voll düsterer Häme. »Aber es wäre auch keine Strafe. Sondern das reine Vergnügen.«

»Was für ein Käfig wäre das?« Unvermittelt blieb ich stehen. Er lachte leise und schob mich weiter.

»Wirst du schon sehen, wenn du dich das nächste Mal schlecht benimmst. Und was das Rudel angeht, das lass unsere Sorge sein«, fügte er lauter hinzu, als wir Thorsteinn erreichten. »Wenn du in der Nähe bleibst und tust, was wir dir sagen, passiert dir nichts.«

»Aber Ungehorsam hat Folgen«, meldete sich Thorsteinn bedrohlich zu Wort. Um ein Haar hätte ich ihm die Zunge herausgestreckt.

Den Rest des Tags jagten wir weiter. Wir hielten nur an, um zu essen, zu trinken und unseren Wasserschlauch im Bach zu füllen. Entweder befanden wir uns in einer abgelegenen Gegend des Bergs, oder Thorsteinn hatte die anderen des Rudels gewarnt. Jedenfalls sahen wir nur Vögel, Eichhörnchen und Kaninchen.

»Du bist gut mit dem Bogen«, meinte Thorsteinn zu mir, nachdem ich drei Eichhörnchen mit sauberen Kopfschüssen erlegt hatte. Ich errötete angesichts seines ernstgemeinten Lobs. »Du bist geschickt.«

»Ich habe geübt«, erwiderte ich knapp. Nachdenklich fuhr er mir mit der Hand über das kurze Haar.

»Ich weiß noch, dass du uns erzählt hast, du hättest geplant, aus dem Kloster zu fliehen und in der Wildnis zu leben.«

»So ist es. Ich hatte einen eigenen Bogen und Pfeile,

Stiefel und eine Hose, die ich selbst genäht hatte.« Ich stapfte los, um meine jüngste Beute zu holen, dann übergab ich sie an Vik zum Aufknüpfen an der Stange. »Ich habe Vorräte gehortet und vor den Nonnen versteckt.«

»Bist du deshalb geschlagen worden? Haben sie die Vorräte gefunden?«

»Nein.« Mich schauderte beim Gedanken, was die Nonnen mit mir angestellt hätten, wenn sie auf mein Versteck gestoßen wären. Wahrscheinlich hätten sie mich in der stockfinsteren Lagerkammer oder in den leeren Brunnenschacht gesperrt. Mich plagten immer noch Alpträume von solchen Strafen in meinen jüngeren Jahren. Alle anderen Waisen wussten, wie sehr ich mich davor fürchtete, im Dunkeln eingesperrt zu werden. Deshalb hatte ich meine Habseligkeiten in der Vorratskammer versteckt – niemand hätte damit gerechnet, dass ich an den Ort meiner schlimmsten Strafe zurückkehren würde. »Sie haben mich für andere Dinge bestraft.«

»Zum Beispiel?«

Ich zuckte mit den Schultern. »Alles Mögliche. Ich habe mich nie so benommen, wie sie es wollten.«

Thorsteinn setzte zu einer Anmerkung an, als ihn ein Zeichen von Vik bewog, mich hinter einen Baum zu zerren.

»Wildschwein«, murmelte er und zeigte auf eine riesige Gestalt, die schwerfällig um den Stamm eines Kastanienbaums tappte. Auf sein Nicken hin legte ich einen Pfeil an und spannte den Bogen.

»Du musst es schnell töten. Es ist riesig. Ich wusste gar nicht, dass es noch welche von dieser Größe auf dem Berg gibt.« Er grinste. »Thor lächelt heute auf uns herab.«

Ich spähte hinter der Kiefer hervor, hob den Bogen an und zielte. Ein blühender Strauch versperrte mir das

Schussfeld. Ich schaute weiter den Pfeil entlang und wartete darauf, dass sich das Wildschwein bewegte.

»Geduld«, murmelte Thorsteinn.

Ich knirschte mit den Zähnen. Meine Pfeile eigneten sich eher für die Kleinwildjagd, aber wenn mir ein tödlicher Treffer gelänge ... Die Spannung wuchs mit jedem Herzschlag, während ich weiter wartete. Was würde es beweisen, wenn ich das Schwein tötete? Dass ich eine gute Schützin war? Würden die Krieger mich loben und stolz auf mich sein? Einen Moment lang verschwamm das Wildschwein, und ich sah Rosalind an seiner Stelle. Meine Waisenschwester. Sie war grausam zu mir gewesen, und ich hatte sie gemieden. Trotzdem waren wir uns eher ähnlich als verschieden. Die Mädchen, mit denen ich aufgewachsen war, verkörperten die einzige Familie, die ich kannte. Auch wenn Rosalind mich gequält hatte, sie war für mich trotzdem wie eine Schwester.

Ich hatte ihr nicht wehtun gewollt. Es war nicht meine Schuld gewesen. Nicht ich war weggelaufen. Ich war ihr nur gefolgt, um sie zu retten. Ich hatte versucht, sie zu überreden, zurück nach Hause zu kommen. Sie hatte mir keine Beachtung geschenkt und war weitermarschiert. Ich hatte sie nicht verlassen.

Sie war geradewegs auf den Totenkönig zugesteuert, und ich war ihr gefolgt. Ich hatte ihr sogar geholfen. Machte mich das genauso sehr zu einer Verräterin wie sie?

Meine Arme wurden schwer. Ich ließ den Bogen sinken.

»Ich kann nicht«, presste ich mit brüchiger Stimme heraus. Ich hatte Rosalind getroffen. Am Ende hatte ich sie überhaupt nicht beschützt.

»Was ist los, kleine Kriegerin?« Thorsteinns Hand strich mir über den Nacken.

»Sag es uns. Wir hören zu.«

»Ich habe es getan«, flüsterte ich. »Ich habe versucht, meine Freundin umzubringen. Ich wollte es nicht, aber sie hat mir keine Wahl gelassen.«

»War es Notwehr?«, fragte Vik.

Ich biss mir auf die Unterlippe, wollte bejahen. Wusste aber nicht, wie ich es tun konnte, ohne Rosalind als Verräterin zu benennen.

Plötzlich konnte ich die Stille nicht mehr ertragen. Abrupt hob ich den Bogen und schoss einen Pfeil ab. Er flog ungezielt davon. Erst das wütende Gebrüll des Keilers verriet mir, dass er getroffen hatte.

Thorsteinn schob mich hinter sich. »Bleib außer Sichtweite«, befahl er. Der Keiler wirbelte herum und stampfte los, pflügte durch den blühenden Busch und vernichtete ihn. Es steuerte auf uns zu.

Fluchend versetzte mir Thorsteinn einen Stoß. »Lauf!«

Ich ergriff die Flucht, schaute aber zurück. Thorsteinn blieb dem Keiler zugewandt stehen. Er würde das Wildschwein aufhalten oder beim Versuch ausgeweidet werden. Während ich flüchtete. Ich war feige.

Mit zitternden Armen hob ich den Bogen an und zielte. Das Wildschwein stürmte heran. Thorsteinn rührte sich nicht von der Stelle. Seine Gestalt wurde zu der von Rosalind, das Wildschwein zu einem dunklen, bedrohlichen, von Nebel verhüllten Skelett ... Wenn ich verfehlte, würde ich Rosalind treffen. Das wollte ich nicht. Oder doch?

»Ampfer!«, brüllte Thorsteinn und holte meine Gedanken zurück auf die taghelle Lichtung. Kein Nebel, kein Skelett. Nur Thorsteinn und ein so großer Keiler, dass der Boden unter seinen polternden Hufen erbebte. »Ampfer, lauf!«

Warum brüllte er mich an? Das Wildschwein hatte ihn fast erreicht. »Pass auf!«, kreischte ich.

Mit einem Schrei, der mein Herz einen Schlag aussetzen ließ, stürmte Vik aus dem Gebüsch. Seine Axt funkelte in der Sonne, als er den Keiler angriff. Das große Tier schwenkte herum und fuhr die Hauer aus. Abgelenkt verfehlte es Thorsteinn knapp. Vik sprang auf den Rücken des Keilers. Das große Schwein brüllte quiekend, während Vik wie ein Irrer lachte und die Axt in die borstige Haut des Tiers schlug.

Thorsteinn stapfte hin und jagte einen kurzen Speer in die Seite des Keilers. Beide Krieger fielen darüber her, hackten auf den Hals ein. Ich wich weiter in die Schatten zwischen den Kiefern zurück.

Dann ließ ich den Bogen und die Pfeile fallen und rannte los. Wieder hatte ich einen Fehler begangen. Ein weiterer Fehlschlag. Eine weitere Sünde, die auf mir lastete. Das Gewicht erdrückte mich förmlich.

Ich lief, bis das Land abschüssig wurde und ich rutschte. Ich griff nach umliegenden Ästen, um meinen schlitternden Abstieg zu verlangsamen. Schließlich bekam ich einen kräftigen Busch zu fassen, der sich zwar neigte, aber meinem Gewicht standhielt. Gerade noch rechtzeitig. Ich befand mich unmittelbar am Ende eines Felsvorsprungs. Dahinter nur blauer Himmel und ein tödlicher Abgrund.

Mein Herz hämmerte wild, als ich mich vorbeugte. Der Hang endete abrupt. Darunter folgte eine lange, steile Felswand. Kein Wunder, dass niemand auf diese Seite des Bergs kam. Für Patrouillen bestand keine Notwendigkeit, da ein angreifender Feind zweifellos in den Tod stürzen würde.

Aber wenn es jemand, der zierlich und klein war und gut klettern konnte, nach unten schaffte, könnte niemand dessen Flucht verhindern.

»Ampfer!« Der raue Ruf fuhr mir in die Ohren. Meine Krieger suchten nach mir. Ich kämpfte mich den Hang zurück hinauf und pflückte das Laub von meinem Wams, als ich den Rückweg zu Vik und Thorsteinn antrat.

Sie haben dich verlassen, meldete sich eine kratzige Stimme zu Wort, zupfte an einem winzigen, losen Faden meines Glaubens und löste ihn auf. In der Hütte der ungepaarten *Holzmouwas* hatte ich es oft zu hören bekommen. Rosalind hatte nie aufgehört, mich damit zu quälen.

Das Wildschwein hing kopfüber an einem Baum, bereit, zu Fleisch verarbeitet zu werden.

»Ampfer.« Vik schlug die Axt in einen Baumstamm und kam zu mir, blieb stehen und fuhr mir mit einer blutigen Hand über den Kopf. »Du bist unversehrt.«

»Ich bin weggerannt«, gab ich zurück. »Tut mir leid, dass ich keine größere Hilfe war ...«

»Das hast du gut gemacht«, lobte Thorsteinn. »Ich habe dir gesagt, du sollst wegrennen.«

»Ja.« Trotzdem kam ich mir feige vor.

»Wir sollten sie nicht mehr zur Jagd mitnehmen«, meinte Vik, kauerte sich hin und wischte sich die Hände am Laub ab. »Es ist zu gefährlich.«

»Ampfer hat sich gut geschlagen.« Thorsteinn musterte mich mit versteinerter Miene. Was sah er?

Schaudernd schlang ich die Arme um den Körper. Vik warf mir ein Fell über die Schultern und wickelte mich darin ein. Er behandelte mich wie ein Mädchen, das seine Puppe anzieht.

»Wir zerlegen das Wildschwein bald. In der Zwischenzeit machen wir ein Feuer an. Kannst du dabei helfen, kleine Kriegerin?«

Ich nickte.

»Bleib nah bei uns. Wir haben ein paar Männer des Rudels gerufen, damit sie uns helfen, das Fleisch zu befördern. Du solltest ihnen besser nicht über den Weg laufen.«

Elend stimmte ich ihm zu.

Während die Krieger ihre Beute bearbeiteten, wanderte ich zwischen den Bäumen umher und sammelte Stöckchen. Vik und Thorsteinn besprachen, ob sie das Fleisch an Ort und Stelle braten sollten. Vielleicht würden sie ein riesiges Freudenfeuer errichten und ihren Jagderfolg feiern, ihre Kriegerbrüder zum Trinken und Essen rufen. Würden sie mich zuerst wie einen ungehorsamen Hund an einen Baum binden? Jedenfalls wäre ich am Feuer des Rudels bestimmt nicht willkommen.

Ich war nirgendwo willkommen. Als ich aus dem Blickfeld der Krieger geriet, ließ ich meinen Armvoll Holz fallen. Kopfschmerzen bestürmten mich. Auch mein Körper pochte unter den Qualen alter Bestrafungen aus meiner Erinnerung. Es wäre so schön, sich einfach hinzulegen und sich in Fantasien zu verlieren.

Ich war in eine Nebelschwade geraten, so kalt und dicht, dass sie mich an den Nebel des Totenkönigs erinnerte. Es erwies sich als solche Erleichterung, sich hinzulegen, die Augen zu schließen und so zu tun, als ob ich nichts wäre. Sich tot zu stellen.

In der Nähe krächzte eine Krähe. Ich rollte mich herum und bemerkte, wie nah ich mich am Rand des Abgrunds befand. Die Probleme so vieler Menschen würden verschwinden, wenn ich verschwände.

Ich legte mich zurück auf den tröstlichen Boden. Der Nebel schwebte über mein Gesicht, bedeckte mich wie ein Leichentuch. Vik und Thorsteinn würden gerade damit beschäftigt sein, das Wildschwein zu häuten und für die Beförderung vorzubereiten. Irgendwann würden sie mich suchen kommen, aber ich konnte ihnen nicht mehr unter die Augen treten. Plötzlich konnte ich nur noch an Flucht denken.

Ich hielt mich an einem Busch fest und lehnte mich über den Hang. Viel wäre nicht nötig. Nur ein vorsichtiger Abstieg. Mit den richtigen Griffen könnte sich jemand von leichter Statur den Steilhang hinunterhangeln. Die Berserker könnten mir nicht schnell genug folgen, um mich einzuholen.

Ich könnte frei sein. Und sie müssten sich nicht mehr mit mir herumschlagen. Sie könnten sich eine andere Gefährtin aussuchen. Der Gedanke schmerzte zwar, aber bis dahin wäre ich ja längst weg. Ich besaß die erforderlichen Fähigkeiten, um in der Wildnis zu überleben. Ironischerweise hatten mir die Krieger das beigebracht, was ich am dringendsten brauchen würde.

Und wenn mich der Tod ereilte, dann sollte es eben so sein. Mich wollte ohnehin niemand haben.

Ampfer, flüsterte eine Stimme in meinem Kopf. Nur ein Hauch eines Bewusstseins, wie ein Licht, das sich durch den Spalt einer angelehnten Tür zwängt. Bevor es mich verführen konnte, schlug ich die Tür zu.

Zeit zu gehen.

Ich schlängelte mich den Hang hinunter. Flucht beherrschte meine Gedanken. Der Nebel umhüllte mich, zwei weiße Ranken. Ein Hauch von Fäulnis stieg mir in die Nase ...

Das schattige Skelett streckte eine Hand aus ... Ich zog die Schleuder hervor ...

Jäh setzte ich mich auf. Ich befand mich am Rand des Abgrunds. Meine Beine baumelten über die Kante. Warum war ich hier? Kopfschmerzen plagten mich.

Spring ... Wieder hallte das düstere Flüstern durch meine Ohren. Aber das konnte nicht stimmen. Ich wollte nicht sterben. Alles, was ich mir je gewünscht hatte, war, mein

Leben in Frieden zu fristen. In einer abgeschiedenen Hütte tief in der Wildnis. Weit weg von allen.

Klettere hinunter ...

Der Wind pfiff zwischen den Felsen hindurch. Tief unter meinen Füßen scharte sich der Nebel dick wie eine Wolke. Ich rieb mir den Kopf. Ich konnte nicht ernsthaft mit dem Gedanken spielen, hinunterzuklettern. Nicht aus dieser Höhe. Es wäre mein sicherer Tod.

Ich zog mich zurück. Der Nebel kräuselte sich hinter mir her wie eine Schlange, bereit, zuzuschlagen.

Du kannst nicht zurückgehen. Thorsteinn und Vik werden dich niemals wollen.

Ich rollte mich ein und presste eine Hand an mein Brustbein, um dem Schmerz entgegenzuwirken. Die Stimme hatte recht. Ich könnte nie die Gefährtin werden, die sie verdienten. Mein einziger Ausweg war Flucht. Sofort. Die Felswand hinunter. Der Nebel würde mir den Weg weisen.

Ich hielt mich an einer Wurzel fest und streckte ein Bein aus, um den ersten Halt zu finden ...

Die Wurzel brach, und ich fuchtelte mit den Händen, bohrte die Finger in den Lehmboden. Einen Moment lang strampelten meine Füße in der Luft. Dann verlor ich den Halt, und mit einem Aufschrei fiel ich ...

Und landete auf einem hervorstehenden Stein. Der Wind pfiff um mich herum, aber ich war in Sicherheit – bis ich den Kopf vorstreckte, um den Rest des Wegs in die Tiefe abzuschätzen, und mir schwindelig wurde.

Mach langsam. Sei nicht dumm. Schöne Gedanken, wenn man über einem tödlichen Abgrund hing. Das gesamte Unterfangen war dumm. Was hatte mich überhaupt erst dazu bewogen?

Wertlos, zischte eine andere Stimme. *Lauf weg, bevor sie dir etwas antun. Du bist ohnehin nicht erwünscht.*

Eine weitere Erinnerung kämpfte sich aus dem Nebel. *Komm zu mir.* Eine Skeletthand winkte, aber nicht mir. Sondern Rosalind. Der Nebel umgab uns, sickerte uns in die Knochen.

Der Totenkönig ist mächtig geworden, hatten die Krieger mir erzählt. Der Berg war mit Schutzzaubern versehen, aber ich hatte dem Feind schon zweimal gegenübergestanden. Konnte ich darauf vertrauen, was sich in meinem Kopf abspielte?

Nein. Zumal ich gerade halb von einer Klippe hing. Ich schämte mich dafür, wie leicht ich den Lügen des Totenkönigs erlag.

Nun musste ich mich wieder hochziehen. Eine leichte Aufgabe im Vergleich dazu, mein Verhalten meinen Kriegern zu erklären.

Meine Füße schrammten über die Steine. Während ich nach Halt tastete, verlagerte sich mein Gleichgewicht. Der Stein unter meiner Hand lockerte sich. Ich stieß einen spitzen Schrei aus und presste mich an die Felswand. Meine Füße pressten sich gegen den Stein und versuchten vergeblich, Halt zu finden. Den hatte nur meine linke Hand, aber auch sie rutschte bereits. Sobald sie den Halt verlöre, würde nichts mehr meinen Sturz in den Tod verhindern.

Der Wind nahm zu und schien mir wie scharfe Messer in den Leib zu fahren. Der Fels kratzte an meiner Wange. Ich war so dumm, hatte es wieder getan, wollte weglaufen. Warum?

Der Nebel ... Der Gedanke zerrte an mir. *Du hast dich hingelegt, und der Nebel hat dich bedeckt. Derselbe Nebel, der damals Rosalind und dich umgeben hat.*

Es sind schon merkwürdigere Dinge vorgekommen, hatte Vik

gesagt. Ich hörte seine Stimme so deutlich, als stünde er hinter mir und spräche mir ins Ohr. *Ampfer – glaubst du, es könnte Magie im Spiel gewesen sein?*

Wenn ich überlebte, würde ich ihnen die Wahrheit sagen, das gelobte ich mir. Ich würde ihnen alles erzählen.

Aber zuerst musste ich überleben ...

Eine riesige Hand tauchte aus dem Nichts auf und hievte mich mit einem Ruck von der Felswand.

Kraftvoll wurde ich nach oben gezogen. Wo ich mich einem Monster gegenübersah. Schwarz mit einem silbrigen Fleck auf der länglichen Schnauze. Thorsteinn. Und er war wütend. Der Blick seiner goldenen Augen bohrte sich sengend in mich.

Als ich den Mund öffnete, brüllte er. Die Haare wurden mir aus dem Gesicht geweht, und ich schloss den Mund. Es war nicht der richtige Zeitpunkt für Erklärungen.

Er schleifte mich zurück zum Lagerfeuer, wo Vik mit vor der Brust verschränkten Armen wartete. Ich ließ den Kopf hängen, damit ich ihm nicht in die Augen sehen musste.

Ampfer. Wieder diese Stimme. Sie gehörte eindeutig Vik. Ich hatte ihn zusammen mit dem Totenkönig gehört. Verlor ich allmählich den Verstand?

Vik hockte sich hin und sah mir eingehend in die Augen.

»Sie steht unter Schock. Was ist passiert?«

»Ich habe sie bei einem Fluchtversuch erwischt. Sie wollte eine Felswand hinunterklettern.«

»Ich wollte nicht weg«, widersprach ich. »Anfangs vielleicht schon, aber dann hab ich gemerkt, dass es zwecklos ist, und ich wollte aufhören.«

»Nicht früh genug.« Thorsteinn knurrte, und ich zuckte unwillkürlich zusammen. »Wir wissen, dass du fliehen willst. Weglaufen. Aber wir können nicht dulden, dass du dich in Gefahr bringst.«

Nur wollte ich gar nicht fliehen. Jedenfalls nicht, bevor ich die heimtückische Stimme des Totenkönigs gehört hatte. Hier bei den Kriegern wurde mir alles klar. »Es tut mir leid. Alles.«

»Das wissen wir«, murmelte Vik. »Ampfer, kannst du uns sagen, was passiert ist?«

»Es war der Nebel«, erwiderte ich. »Durch den Nebel habe ich mich ... schwermütig gefühlt. Er hat mich verwirrt.«

»Wirklich?«, murmelte Vik.

»Ich glaube, ich weiß, womit wir es zu tun haben«, brummte Thorsteinn. Er war wieder vollständig Mensch, bündelte das Haar hinter dem Kopf und flocht es zusammen. »Der Totenkönig hat viele Waffen.«

»Der Nebel hat mir gesagt ...« Ich verstummte.

»Sprich weiter«, forderte Vik mich sanft auf.

»Es hat mir gesagt, dass ihr mich nicht wollt. Dass es besser für mich wäre, zu fliehen ... und zu sterben ...«

»Hör gut zu.« Im Nu befand sich Thorsteinn bei mir und knurrte. »Du gehörst zu uns.«

Ich rang die Hände auf dem Schoß. »Ihr könnt mich unmöglich behalten wollen.«

»Du glaubst Lügen«, beharrte Vik. »Der Totenkönig ist in deinem Kopf und verdreht deine Gedanken. Aber er ist nicht stark genug, um dich zu besiegen.«

»Wir dachten, er würde Mauern zwischen uns errichten. Aber in Wirklichkeit sind es deine Mauern. Und wir werden sie auf die eine oder andere Weise durchbrechen. Gemeinsam reißen wir sie ein.«

Er und Vik wechselten einen Blick, bevor sich ihre Körper versteiften.

Da hörte auch ich es – das Knacken eines Zweigs im Wald. Jemand näherte sich uns und gab sich keine Mühe, es zu verbergen.

»Da kommt jemand«, warnte Vik.

»So dürfen die anderen sie nicht sehen.« Thorsteinn wischte über meine Kleidung. Ich sah aus, als wäre ich einen Abhang hinuntergerollt – was ich auch war.

»Zeit für eine Schauspielvorstellung. Das kannst du doch für uns tun, nicht wahr, kleine Wölfin?« Vik ergriff mein Kinn. Sein Gesichtsausdruck wirkte beinah flehentlich.

»Ja?« Ich schaute von einem Krieger zum anderen. Womit sollte ich mich einverstanden erklären?

»Dann kämpf mal gegen mich«, brummte Thorsteinn und griff an.

Die Schar der Berserker umringte uns, als wir miteinander rangen. Thorsteinns Wams und Hose waren von seiner Verwandlung zerrissen, und ich zappelte wie ein Aal, um ihm zu entwischen. Vik begrüßte die zu Besuch kommenden Krieger. Und tatsächlich, alle starrten mich finster an. Einen erkannte ich von seinen Besuchen in der Hütte.

»Jarl, du hättest deinen Posten nicht verlassen müssen.«

»Ich wollte sehen, wie es euch mit eurem Mündel geht«, erwiderte Jarl.

Kurz vergaß ich, mich gegen Thorsteinn zu wehren. Prompt stürmte er vor, packte mich hinten am Wams und hob mich hoch wie ein am Kragen getragenes Kätzchen. Nase an Nase mit Thorsteinn baumelte ich in seinem Griff. »Du wirst tun, was wir dir befehlen.« Er knurrte.

»Ich bin nicht euer Haustier.« Es fiel mir leicht, meine alte, zornige Litanei zu wiederholen, nur musste ich mir diesmal dabei ein Lächeln verkneifen.

»Oh« – Thorsteinn gab vor, wutentbrannt zu sein – »und ob du das bist.«

»Wie ich sehe, ist sie noch nicht ganz gezähmt«, meinte Jarl.

»Richtig, ist sie nicht. Aber es ist besser, wenn sie sich wehrt«, gab Vik gedehnt zurück. »Das gefällt uns.«

Ich sah Thorsteinn in die Augen und trat aus. Er drehte sich zur Seite, um einem Treffer in die Weichteile zu entgehen, und ließ mich fallen. Ich rollte mich auf die Füße und hüpfte weg.

»Das reicht«, donnerte Thorsteinn, aber ich rannte weiter. Allerdings tänzelten meine Füße gleich darauf durch die Luft, als er mich zurückzog und wieder anhob. »Das reicht.« Er schloss die Zähne um mein Ohrläppchen und biss vorsichtig zu. Ich erschlaffte in seinen Armen, bevor ich den Körper anspannte, als er mich zu der Gruppe der Krieger zurücktrug.

»Ich könnte mir vorstellen, dass ihr einer so störrischen Gefährtin überdrüssig werden könntet«, sagte Jarl.

»Nein.« Thorsteinn stellte mich ab und senkte die Pranken auf meine Schultern, um mich vor sich festzuhalten. »Wir haben sie einmal gehen lassen. Nie wieder.«

»Ich habe eine Nachricht für sie von einer *Holzmouwa*«, verkündete Jarl.

Ich holte tief Luft, starrte aber weiter auf meine Füße. Wenn ich zu Jarl aufschaute, könnte er denken, ich wollte ihn herausfordern. Thorsteinn und Vik würden mich zwar beschützen, aber sie wären nicht erfreut.

»Was für eine Nachricht?« Vik knurrte.

»Juliet lässt sie grüßen«, erwiderte Jarl. Ich spürte, wie sein Blick über mich kroch. »Und dazu das: ›Verzeih mir. Es war meine Schuld.‹ Erklär mir, Ampfer« – Jarl hockte sich so vor mich, dass ich ihn ansehen musste – »Warum sollte Juliet so etwas sagen?«

»Das hat Ampfer nicht zu beantworten.« Thorsteinn zog mich zu sich zurück. »Mir scheint, das ist eher eine Frage für Juliet.«

»Ampfer weiß es. Sie hat Geheimnisse.« Jarl zeigte mit dem Finger wie mit einem Speer auf mich.

»Das ist unsere Sorge, nicht deine.«

»Nicht, wenn ich mich an die Alphas wende und verlange, dass Ampfer befragt wird.«

»Wenn du das tust«, warnte Vik, »bestehen wir darauf, dass auch Juliet befragt wird.«

Das entlockte Jarl ein Knurren. Ihm lag etwas an Juliet. »Juliet hat nichts Unrechtes getan. Wir bringen Ampfer zum Reden.«

»Du wirst sie nicht anrühren. Wir sind für sie zuständig«, entgegnete Thorsteinn grollend.

»Und kommt ihr eurer Pflicht auch nach? Sie wirkt mir weder eingeschüchtert noch zerknirscht. Ich sehe keine Anzeichen von Bestrafung.«

»Ach nein? Ich zeige dir, wie wir mit ihrem Ungehorsam umgehen.« Thorsteinn drehte mich zu sich herum, und unser Schauspiel begann erneut. »Du bist vor mir weggelaufen.«

Ich fletschte die Zähne und knurrte wie ein Tier. Vik fuhr sich mit der Hand über den Bart, um sein Grinsen zu verbergen, aber Thorsteinn bewahrte eine strenge Miene.

Ohne mich loszulassen, entfernte er mit einer Hand einen Armring von seinem rechten Bizeps. »Wieder und wieder geben wir dir die Gelegenheit, deinen Gehorsam zu beweisen. Und wieder und wieder lehnst du dich gegen unseren Schutz auf«, sagte er. »Dieser Berg ist voll von Kriegern, die deinen Tod wollen. Wenn du uns nicht als deine

Herren anerkennen willst, binden wir dich fest und zwingen dich zu Gehorsam, bis du es tust.«

»Aber ...«, setzte ich an und verstummte, als er mich schüttelte.

»Du bestehst darauf, dich wie ein wildes Tier zu verhalten?« Er hielt den silbernen Ring hoch. »Na schön. Dann werden wir dich wie eines behandeln.« Er zwängte den Armring auf und legte ihn mir um den Hals. »Jetzt eine Kette.«

Ich öffnete den Mund zu einem Protest, aber Thorsteinn heftete einen warnenden Blick auf mich.

»Jarl«, sagte Vik gedehnt und streckte die Hand aus. Da begriff ich. Der Berserker war mit einer Kette zu uns gekommen, mit der ich angeleint werden wollte. Thorsteinn wollte dafür sorgen, dass sie benutzt wurde – aber nur meine Krieger würden mich berühren.

Jarl überreichte ihm eine lange Kette aus Eisengliedern. Vik bog das letzte Glied mit den Fingern auf. Thorsteinn nahm es entgegen und befestigte es an dem Armring. Als sie zurücktraten, trug ich den mit einer Kette versehenen Silberreif um den Hals. Ein Halsband und eine Leine.

Thorsteinn wich einen Schritt zurück. »Komm her«, befahl er und zog an der Leine. Das ging zu weit.

Vertrau uns, flüsterte Viks Stimme.

Als ich die Kette packen wollte, ergriff Vik meine Hände und führte sie hinter mich. »Fass die Kette an, und ich fessle dir die Hände auf den Rücken.«

»Ich bin kein Hund, der sich so herumführen lässt«, zischte ich.

»Richtig, du bist kein Hund«, murmelte Vik. »Aber du bist unser Besitz. Und wenn darauf bestehst, dich wie eine wilde Wölfin zu benehmen, machen wir dich eben zu unserem Haustier.«

Thorsteinn schnippte mit den Fingern. »Komm.«

Ich musste zugeben, dass die zusehenden Rudelmit-glieder beeindruckt von meiner Behandlung wirkten. Ich reihte mich hinter Thorsteinn ein und hoffte, er würde mich nicht den ganzen Weg nach Hause so führen.

4

Ampfer

Wir traten den Heimweg an. Thorsteinn zog mich an der Leine mit, Vik bildete die Nachhut. Als wir den großen Baum erreichten, setzten sie mich schnurstracks in den Korb. Erst, als ich mich im Baumhaus befand, nahm Thorsteinn mir die Leine ab. Ich wartete darauf, dass er auch den Silberring um meinen Hals entfernte. Doch er ließ ihn angelegt und erklärte: »Ich will, dass du etwas von uns trägst.«

»Aber ...«

Thorsteinn bückte sich und küsste mich. »Das hast du gut gemacht.« Er rieb das stoppelige Gesicht an meiner Wange. »Ich weiß, das war nicht einfach.«

Zittrig blies ich seufzend die Luft aus.

Vik erhob sich vom Feuer, das er angezündet hatte, und klopfte sich die Hände ab. Er ging zur Strickleiter und verschwand.

»Er geht los, um unseren Anteil am Wildschweinfleisch zu holen. Die von uns gerufenen Krieger haben es mitgenommen.«

»Wird es immer so sein?« Ich berührte den Ring um meinen Hals. Er wusste, was ich meinte.

»Eine Zeit lang. Aber wenn das Rudel sieht, dass du mit uns gepaart bist, wird man dir verzeihen.« Er zerzauste mir das Haar. »Eines Tages wird alles gut sein.«

Meine Schultern sackten herab. Am Abgrund hatte ich mir geschworen, ich würde ihnen die Wahrheit sagen. Aber selbst wenn ich es täte, wer würde mir glauben? Das Rudel mit Sicherheit nicht. Vik und Thorsteinn könnten meine Unschuld vom Berg brüllen, und man würde sie höchstens genauso verschmähen wie mich.

Vik und Thorsteinn verdienten keine so schwierige Gefährtin.

»Ihr solltet mich wegschicken«, sagte ich zu ihm.

»Niemals.« Thorsteinn hob mein Kinn an. Seine Augen blitzten. »Warum glaubst du, wir würden dich aufgeben?«

»Das habt ihr schon einmal getan.«

»Wir haben dir gesagt, dass wir zurückkommen wollten. Aber ich verstehe schon.« Je länger er mich ansah, desto sanfter wurde seine Hand. »Es war ein langer, einsamer Winter. Wir wussten nicht, dass die *Holzmouwas* dich quälen würden. Wir dachten, bei ihnen würdest du Trost finden.« Er beugte sich vor und rieb die stoppelige Wange an meiner. »Weißt du, warum wir so lange weg waren?«

Ich schüttelte den Kopf.

»Es verlangt uns alles ab, die Bestie in uns zu bändigen. Und ich fürchte, wenn wir bei dir sind, Ampfer« – seine Stimme wurde tiefer – »sind wir am Ende unserer Selbstbeherrschung. Wir haben tagelang, ganze Monde lang, unsere Monstergestalt beibehalten.« Der Schein des Feuers funkelte in seinen Augen. Plötzlich kam ein Wind auf, in dem der Geruch von Luft nach einem heftigen Sturm lag. Gleich darauf flaute er wieder ab.

»Aber wir hätten es dir sagen sollen. Wir hätten schon längst Anspruch auf dich erheben sollen.«

»Warum habt ihr es nicht getan?« Das Bedauern in seiner Stimme ließ mich verwegen werden. Gegen diesen weicheren, sanfteren Thorsteinn musste ich nicht kämpfen.

»Wir dachten, das hätten wir.« Er fuhr das Mal an meiner rechten Schulter nach. Die Haut wies noch die rote Narbe von seinem Biss auf. »Als uns klar wurde, dass du für uns verloren warst, so weit von uns entfernt, war es zu spät. Wir konnten die Bestie nicht mehr zügeln.« Seine Hand rieb beruhigend über meinen Rücken.

»Ho«, rief Vik, als er mit einem Topf am Eingang erschien. Thorsteinn eilte ihm zu Hilfe. Ich gesellte mich am Feuer zu ihnen und griff nach meinem Anteil.

»Nein.« Thorsteinn zog mich auf seinen Schoß. »Ich werde dich füttern.«

Ich setzte mich halbherzig zur Wehr, bis er mit den Fingern schnippte und seine Züge strenger wurden. »Du wirst das Essen aus meinen Händen annehmen. Jede Mahlzeit wird dich daran erinnern, wer sich um dich kümmert. Du verlässt dich bei jedem Bissen auf uns.«

»Ich bin nicht euer Haustier.«

»Ach nein?« Seine Stimme wurde tiefer. »Du bist, was immer wir sagen. Wenn wir wollen, dass du auf allen vieren kriechst, dann werden wir es dir befehlen.«

»Und wollt ihr das? Mich demütigen? Mich kriechen sehen? Um jeden Bissen bettelnd?«

»Oh, du wirst betteln«, versprach Thorsteinn. »Aber nicht um Essen. Wir werden dir beibringen, unsere Berührung zu begehren. Du wirst uns mehr als alles andere begehren, und wir werden dich gründlich beanspruchen.«

Mein Atem wurde unregelmäßig, aber ich hob das Kinn und entbot ihm einen störrischen Gesichtsausdruck.

Wir starrten uns gegenseitig an.

Thorsteinn senkte den Kopf nah zu meinem. »Diese Willensschlacht kannst du nicht gewinnen. Du wirst Essen aus meiner Hand annehmen, und du kannst dabei entweder auf meinem Schoß sitzen oder auf den Knien an meiner Seite kauern. Such es dir aus.«

»Schoß«, fauchte ich und verschränkte die Arme vor der Brust, um meinen Widerwillen zum Ausdruck zu bringen. Als er mir eine Portion an die Lippen hob, aß ich hungrig.

»Na siehst du, ist doch nicht so schwer«, murmelte er. »Es ist ganz einfach, sich zu fügen.«

Ich wollte, dass seine Worte das Fleisch in meinem Magen verdarben, aber mein Körper wollte nicht gehorchen. Er war rundum glücklich damit, auf dem Schoß des großen Kriegers zu sitzen und die Säfte von seinen Fingern zu lecken, bis Lust in Thorsteinns Augen aufflackerte. Auf der anderen Seite des Feuers schmunzelte Vik.

Nach dem Essen ließ mich Thorsteinn nicht aufstehen. Er wischte mir die Hände und das Gesicht mit einem nassen Tuch ab, schwang mich herum und legte mich über seine Knie.

»Was soll das?«

»Zeit für die Bestrafung, die du verdient hast«, erklärte Thorsteinn und hielt mich mit einer riesigen Hand auf meinem Rücken fest. Mit der anderen zog er mir die Hose runter. Ich trat wild aus, aber es nützte nichts.

»Vik hat dir ja gesagt, dass es jeden Abend eine Abrechnung gibt.«

»Jeden Abend!«

»Ja.« Nachdenklich streichelte er meinen Hintern. »Obwohl ich bezweifle, dass du dich darüber beschweren wirst.«

Ich verwünschte ihn, was er mit einer Flut von forschen Schlägen auf meinen nackten Hintern erwiderte. Die Geräusche hallten durch die Hütte, unterbrochen von Viks Gelächter.

»Sag, Ampfer, fügst du dich?«

»Niemals.« Knurrend versuchte ich, Thorsteinn ins Bein zu beißen. Der Krieger verlagerte mich, brachte mich aus dem Gleichgewicht und versohlte mich weiter.

»Das ist nur zum Aufwärmen«, teilte er mir mit. »Lauf noch mal vor uns weg, und es wird viel schlimmer.«

Schlimmer? Mein Hintern pulsierte. Als Thorsteinn innehielt und mich massierte, fühlte sich die Haut unter seiner Hand heiß wie glühende Kohlen an.

Ich stellte die Gegenwehr ein und ließ den Kopf hängen. Das Haar baumelte mir ins Gesicht, das so rot schillerte wie mein Hintern. Vor allem, als Thorsteinn die Hand bewegte und zwischen meinen Beinen tastete.

»Siehst du, wie feucht sie wird?«, murmelte Vik. »Ein Teil von ihr braucht das.«

»Tatsächlich?« Thorsteinn streichelte mit den Fingern über meine empfindlichen unteren Lippen, erst zart, dann zielstrebiger. »So werden wir dich zähmen, Ampfer.« Seine Finger bewegten sich weiter. »Wir füttern dich. Wir kümmern uns um dich. Wir erheben Anspruch auf dich.«

Meine Beine zitterten, als sich die Empfindungen in mir fiebrig steigerten.

»Nein«, platzte ich heraus. Ich warf mich von seinem Schoss. Verblüfft ließ er es zu.

»Fasst mich nicht so an. Seid grausam. Sperrt mich weg, aber fasst mich nicht so an.«

Vik hob mich vom Boden auf.

»Ruhig, Ampfer.« Mein Innerstes pulsierte. Verlangen erfüllte jeden Winkel von mir, bis ich mich gequält krümmte. »Bei uns bist du in Sicherheit. Das ist keine Bestrafung, wie du sie von den Nonnen erhalten hast. Lass deine Gefährten dich lieben. Lass uns für dich sorgen.«

»Ich kann nicht.« Meine Stimme wurde brüchig. Aber ich weinte nicht. Das konnte ich nicht. Ganz gleich, wie sehr es schmerzte, Tränen flossen nie. »Ich habe alles ruiniert.«

»Nein, Kleines ...«

»Ihr wisst nicht Bescheid«, platzte es aus mir heraus. »Rosalind liegt meinetwegen im Sterben. Meinetwegen.«

Vik rieb mir den Rücken, beruhigte mich, forderte mich auf, alles herauszulassen.

»Es ist meine Schuld. Ja, ich habe davon geträumt, den Berg zu verlassen. Aber nicht so.«

»Du hast mir erzählt, es war seltsam«, sagte Vik und wiederholte für Thorsteinn, was ich ihm geschildert hatte.

»In der Nacht, als wir weggegangen sind, hat Nebel geherrscht«, fügte ich hinzu. »Und später, als ...« Ich hatte mir gelobt, dass ich ihnen die Wahrheit darüber sagen würde, was sich mit dem Totenkönig ereignet hatte. Aber als ich den Mund öffnete, war es, als legte sich eine Hand um meine Kehle und würgte mich.

»Ampfer?« Viks Hand verharrte auf meinem Rücken. »Stimmt etwas nicht?«

Ich schluckte. »Ich ...« Wieder blieben mir die Worte im Hals stecken und erstickten mich. Meine Hände flogen an meine Kehle und meine Lippen.

»Ampfer!« Thorsteinn kauerte sich vor mich hin. Sein besorgtes Gesicht füllte mein Sichtfeld aus. »Ganz ruhig. Versuch, zu atmen.«

Ich japste, als Vik mir auf den Rücken klopfte.

»Was war das?«, brachte ich schließlich heraus.

»Allmählich frage ich mich ...« Thorsteinn wirkte nachdenklich. »Ich frage mich, ob dich jemand mit einem Bann belegt hat, der dich daran hindert, die Wahrheit zu sagen.«

»Ein Fluchgelübde?«, fragte Vik. »Wie in den Geschichten?«

Mit den Händen an meiner Kehle erstarrte ich. Die ganze Zeit hatte ich mich davor gescheut, zu sprechen, weil ich Rosalind nicht zur Verräterin stempeln wollte. Oder weil ich gedacht hatte, niemand würde mir glauben. Konnte es in Wirklichkeit an Magie liegen?

»Das ergibt Sinn«, meinte Thorsteinn, kam zu mir, neigte meinen Kopf zurück und musterte prüfend mein Gesicht. Dabei grollte ein leises Knurren durch seine Brust. »Das gefällt mir nicht. Jemand fuhrwerkt an unserer Bindung und unserer Gefährtin herum.« Er zuckte zurück, stapfte zur anderen Seite der Hütte und murmelte: »Ich brauche einen Feind, den ich sehen kann. Dagegen kann ich nicht kämpfen.«

Ich fühlte mich so müde. Nach allem, was ich durchgemacht hatte, steckte der Feind in meinem eigenen Kopf. »Also ist der Versuch sinnlos, mich zu retten?«

»Ampfer ...«, begann Vik, und ich befreite mich mit einem Ruck aus seinem Griff.

»Ihr solltet mich gehen lassen.« Ich rappelte mich auf die Beine. »Ich bin bösartig und widerspenstig und jetzt auch noch verflucht. Ihr solltet euch eine andere Gefährtin aussuchen.« Blind taumelte ich zur Tür.

Und befand mich plötzlich in der Luft, unterwegs zu dem Bett mit Fellen. Überrumpelt landete ich auf dem weichen Haufen. Im Nu tauchte Vik über mir auf. Er drückte meine Arme und Beine nieder.

»Nein«, stieß er mit einer Stimme wie Donner hervor. »Du gehörst uns, Ampfer, und wir lassen dich nicht gehen.«

Vik

ICH DRÜCKTE unsere Gefährtin auf die Felle nieder und packte ihr Haar, damit sie nicht wegschauen konnte. »Aus dir spricht der Bann«, presste ich knurrend hervor. Thorsteinn hatte recht. Wir waren an Feinde gewöhnt, die wir sehen konnten. Wir vergaßen immer wieder, dass nicht Ampfer diejenige war, gegen die wir kämpfen sollten. »Der Feind ist in deinem Kopf. Aber wir werden alles tun, um den Fluch zu brechen. Wir werden nicht ruhen, bis du geheilt bist.«

Aus ihrer hilflosen Lage schaute unsere kleine Kämpferin heftig blinzelnd zu mir auf. Sie hielt Tränen zurück. Noch kein einziges Mal hatten wir sie weinen gesehen. Nicht damals, als wir sie aus dem Kloster geholt hatten. Auch nicht, als wir vor den *Draugr* geflohen waren. Nicht, als sie sich das Bein gebrochen hatte und man den Knochen hervorlugen sehen konnte. Nicht einmal, als wir vor den Alphas gestanden und ihr als Gefährtin entsagt hatten.

Nun würde sie weinen, weil wir ihr Zärtlichkeit entgegengebracht hatten. Ein kleiner Riss in der Mauer, die sie zwischen uns errichtet hatte.

»Du gehörst uns, Ampfer«, wiederholte ich und verlagerte das Gewicht von ihr, hielt sie aber weiter fest. »Und wir werden uns um dich kümmern.«

»Nein.« Sie wollte kämpfen. Das war ihre einzige

Antwort, wenn sie sich schwach fühlte. Sie würde lernen, dass sie sich gegen uns nicht verteidigen musste. Bei uns konnte sie sich entspannen und einfach sie selbst sein.

»Doch. Das hier« – ich legte die Hand auf ihren strammen Hintern und drückte ihn – »gehört uns. Wir besitzen deinen Hintern und können ihn beanspruchen. Wir können ihn bestrafen und streicheln.«

»Ich ...« Ihr Kehlkopf arbeitete, als würde sie an dem, was sie sagen wollte, beinah ersticken.

»Sag es«, verlangte ich. Wir befanden uns Nase an Nase, Gesicht an Gesicht. Sie konnte sich nicht rühren, konnte nirgendwohin flüchten.

»Ich will nicht, dass ihr freundlich zu mir seid.« Ihr Flüstern brach mir das Herz.

»Ist es einfacher für dich, zu kämpfen?«, fragte ich. Sie nickte mit gequält verzogenem Gesicht.

»Dann kämpf gegen uns, Ampfer.« Ich rieb das Kinn an ihrem Kopf. »Kämpf, so viel du willst. Wir halten dagegen. Und wenn du müde wirst, halten wir dich fest, bis du wieder kämpfen kannst.«

»Ihr müsst mich hassen«, sagte sie.

»Wir hassen dich nicht.«

»Doch. Das tun alle.«

»Nein, kleine Kriegerin. Nein.«

»Ihr solltet mich aufgeben. Mich wegwerfen. Ich ...« Wieder drohte sie, zu ersticken, und presste die Lider zu. Ich rollte mich von ihr und nahm sie in die Arme.

»Es ist in Ordnung, zu weinen«, flüsterte ich in ihr Haar. Thorsteinn befand sich mittlerweile neben uns und rieb ihr den Rücken.

»Ich kann nicht«, flüsterte sie. »Sonst breche ich auseinander.«

»Wir halten dich zusammen«, versprach Thorsteinn.

»Danach sammeln wir alle fehlenden Teile ein und bringen sie wieder an.«

Sie drehte den Kopf und klemmte sich die Faust in den Mund. Was jedoch nicht ihren gequälten Aufschrei verhinderte.

»So ist es gut«, murmelte ich, während sie an mir zitterte. »Weine für mich, vergieß Tränen.«

Es kam über sie wie ein Sommersturm, der rasant aufzieht und die Erde mit heftigem Regen übergießt. Sogar mitten im Unwetter schien dabei die Sonne durch die Wolken.

Ich hielt sie fest, wiegte sie und wünschte, ich könnte ihr Herz öffnen, um die scharfkantigen Steine herauszupicken, die sie belasteten und zerschnitten. Danach würde ich es sorgsam wieder zusammenfügen und behüten, bis es verheilt wäre.

Es entging weder mir noch Thorsteinn, dass wir Krieger waren und uns besser auf Zerstörung verstanden als darauf, Frauen festzuhalten und zu trösten, wenn sie weinten. Aber hier drehte es nicht um irgendeine Frau. Es drehte sich um Ampfer. Die Bestie, die in unserem Geist tobte, erkannte sie und legte sowohl ihre Waffen als auch ihre Wut nieder. Indem wir Ampfer zähmten, zähmte sie uns.

Später, viel später, fragte ich: »Fühlst du dich jetzt besser?

Sie nickte.

Ich küsste ihre Stirn. Ihre feuchten Wangen. Ihre Lippen. Sie seufzte und lehnte sich meinen Küssen entgegen.

»Warte.« Ich zog sie aus und legte sie auf die Felle zurück. »Entspann dich und lass uns dich ansehen.« Die Bestie in mir kämpfte nicht um die Kontrolle. Ampfers Duft und Gestalt erweckten einen völlig anderen, tieferen Hunger.

»Aber ...«

»Keine Worte.« Ich legte ihr zwei Finger auf die Lippen, und als sie daran leckte, versuchte ich nicht, mein Grinsen zu verbergen. Sie verspürte denselben Hunger. »So ist es gut. Lass dich von deinen Herren verwöhnen. Ich streichelte ihre fraulichen Hüften, ihre schmale Taille und ihre Brüste, so klein und fest wie frische Äpfel. Ihre Muskeln wölbten sich unter der Haut, ihr Körper bebte. »Schhh ...«

Thorsteinn legte sich auf ihre andere Seite, berührte sie, nahm sich Freiheiten heraus. Seine Hände blieben oben, meine unten. »Du bist wunderschön«, murmelte er. »Hast du das gewusst?«

»Nein«, flüsterte sie zurück. Süß und gefügig. Ich mochte sie schon, wenn sie sich widerspenstig und kämpferisch gab, lebhaft. Aber sanft und empfänglich für unsere Berührungen? Damit vernichtete sie mich geradezu.

Ich kniete mich zwischen ihre Beine, küsste ihr Fußgelenk, die Innenseite ihres Knies, bis sie nach Luft schnappte und wegzuckte. Da packte ich ihr Bein fester und leckte hinter ihrem Knie, bis sie lachte, ein süßer, glockenheller Laut wie das Gurgeln eines Bachs auf einer Wiese.

»So ist es gut.« Thorsteinn streichelte ihr Haar, strich über ihre Kopfhaut und knetete ihren Nacken.

Ihre Beine klappten auseinander, und ich stürzte mich auf ihre Mitte. Meine Mannespracht pochte schmerzhaft, als ich die Hände unter ihren Hintern schob, an ihren Falten leckte und ihren Honig kostete. Sie wand sich hin und her. Ihre Beine hakten sich über meine Schultern und trommelten auf meinen Rücken. Thorsteinn packte ihre Hände und hielt sie über ihren Kopf, streckte sie zwischen uns, nackt und verwundbar. Ich schob mich über sie, zeichnete sie, indem ich sie leckte und an ihr knabberte. Rote Male blieben zurück, wo mein Mund fest an ihr saugte. Dann drehte ich sie um, küsste ihre Wirbelsäule hinab, wirbelte mit der Zunge zwischen ihren Pobacken und kniff sie mit den Zähnen in den Hintern, bis sie quiekte. Sie wand sich auf den Fellen, ein Bein so verrenkt, dass sie ihren Venushügel an einer Erhebung des Stapels reiben konnte. Ich schlängelte mich über ihre untere Körperhälfte und rieb den Schritt an ihrem Hintern, drang aber nicht in sie ein. Das war für Ampfer, *nur* für Ampfer. Sie sollte ihren Kummer und ihren Schmerz vergessen und nur daran denken, sich uns zu öffnen und Vergnügen zu empfangen.

Ein Lusttropfen trat aus meiner Eichel aus, als ich zwischen ihre Pobacken tauchte und mich an ihr labte, bis sie sich geradezu verzweifelt auf den von ihren Säften durchnässten Fellen wand.

»So ist es gut, nimm dir dein Vergnügen«, sagte ich zu ihr und schob die Finger in ihre triefende Öffnung. Als der Höhepunkt über sie hereinbrach, stieß ich die Finger zärtlich vor und zurück, bevor ich sie zurückzog und mich stattdessen ihrem Hintern widmete. Sie schauderte in den Nachwehen ihrer Ekstase.

»Braves Mädchen«, murmelte Thorsteinn und biss ihr zart ins Ohr. »Du hast uns gehorcht, wie es sich gehört.«

Ampfer begehrte in keiner Weise auf. Glänzend vor Schweiß erschlaffte sie auf den Fellen. Wir entlockten ihrem bereits befriedigten Körper noch einen oder zwei Höhepunkte, diesmal, indem meine Finger in die enge Öffnung ihres Hinterteils drangen und lustvoll kreisten.

»Bald erheben wir vollständig Anspruch auf dich«, kündigte ich an und beobachtete voll Genugtuung, wie sie sich bei den schlichten Worten aufbäumte.

»Aber nicht heute Nacht«, fügte Thorsteinn wehmütig

hinzu. Wir hatten unseren Samen neben ihr auf die Felle ergossen und sie mit unserem Geruch umgeben.

»Bald«, versprach ich. Ampfer gab einen verhaltenen Laut von sich. Ihre Lider wirkten schwer, ihr Mund stand erschlafft offen. Morgen früh würde sie sich wieder gegen uns wehren. Das lag in ihrer Natur. Man musste ihr jedes Zugeständnis mühsam abringen, aber das war es wert.

Sie schauderte ein letztes Mal, bevor sie einschlief.

Ampfer

AM NÄCHSTEN MORGEN blieb ich so lange im Bett, wie es mir die Krieger erlaubten. Letztlich näherte sich mir Thorsteinn mit einem Tuch und einem Eimer Wasser und wischte mich ab. Ich quiekte bei der kalten Berührung des Stoffs.

»Du hättest aufwachen sollen, als das Wasser noch warm war«, rügte er mich. »Wir wollten uns ja noch gestern Nacht um dich kümmern, aber du bist sofort eingeschlafen.«

Ich errötete bei der Erinnerung an so viel Erfüllung.

Vik schmunzelte wissend. »Vielleicht wirst du ja durch die Ereignisse der letzten Nacht umgänglicher.«

»Unwahrscheinlich«, murmelte ich, aber ich legte mich zurück und ließ Thorsteinn mit dem Tuch die Stelle zwischen meinen Beinen bearbeiten.

Vik stand auf und entschuldigte sich. »Ich muss Vorbereitungen für die heutige Ausbildung treffen«, erklärte er. Dann schwenkte er einen Finger in meine Richtung, bevor er die Strickleiter hinunter verschwand. »Sei brav.«

»Nur brave Mädchen werden belohnt«, fügte Thorsteinn hinzu, bevor er mich auf die Beine zog. Zu meiner Bestürzung packte er mich am Kragen und führte mich zu einem Fell in der Nähe seines üblichen Platzes, wo er mich hinknien ließ.

»Du hast gesagt, ich könnte auf deinem Schoß sitzen«, klagte ich.

»Wenn ich dich auf meinen Schoß setze, bekommst du kein Essen. Dann gebe ich dir etwas anderes.« Seine Hose wölbte sich im Schritt wie ein Zelt.

»Vielleicht könnten wir ...«

Er bremste meine Worte mir einem Finger auf meinen Lippen. »Wir haben dir gesagt, dass wir dann Anspruch auf dich erheben, wenn du darum bettelst. Bist du bereit, zu betteln?«

Mit trotziger Miene schüttelte ich den Kopf.

»Dann bleib. Zeit zu essen.« Seine Hand führte mich auf die Knie. »Wir haben dir ja gesagt, dass wir dich zu unserem Haustier machen. Und behaupte nicht, dass es dir nicht gefällt.« Er zupfte an meinen steinharten Nippeln, womit er ein verräterisches Kribbeln zwischen meinen Beinen heraufbeschwor. Ich krümmte mich und verweigerte den ersten Bissen. Wie konnte ich so erregt sein?

»Komm schon, Ampfer. Spiel mit, Haustierchen. Bitte.« Thorsteinn drückte die Stirn an meine. Als ich nickte, bewegte sich sein Kopf mit, und ich lachte.

Er streichelte mein Haar, während er mich fütterte.

»Es gefällt mir, dich nackt zu lassen«, murmelte er. »Wenn du wirklich unser Haustier wärst, würden wir dich samt Halsband in einen Käfig sperren und dich splitternackt halten. Würde dir das gefallen?«

Ich verdrehte die Augen und nahm mehr Essen aus seinen Händen entgegen.

»Du musst dich nicht sorgen. Du musst dich nicht fürchten. Lass einfach zu, dass du uns gehörst.« Sanft zog er an meinem Haar und massierte meine Kopfhaut, bis ich mich halb trunken fühlte.

»Deine Nippel sind so schön stramm aufgerichtet.« Seine linke Hand spielte mit ihnen, während er mich mit der rechten fütterte.

Angeregt schlängelte ich die Zunge um seine Finger, leckte jeden darauf vergossenen Tropfen Honig auf, bis seine Augen wie geschmolzen wirkten.

»Gefällt dir das?«, fragte er mit tiefer, sinnlicher Stimme. Ich nickte. Er wollte ein Spiel? Ich würde gewinnen.

Ohne den Blick von mir zu lösen, rutschte er auf dem Schemel zurück, den er als Sitz benutzte. Er öffnete die Hose und packte seine Mannespracht aus. »Hier ist noch mehr für dich zum Lecken, wenn du willst.«

Hitze flammte in meinen Wangen auf und breitete sich durch meinen Körper aus. Er war im Begriff, die Regeln zu ändern, doch ich ging völlig in dem Spiel auf, war darin gefangen.

Ich rutschte nach vorn, gab mich dem Druck seiner Hand auf meinen Nacken hin. Meine Zunge schnellte über seine pralle Länge. Thorsteinn brummte wohlig.

»Wird Vik nicht eifersüchtig sein?«

»Wenn er es ist, dann ist er es eben«, gab Thorsteinn zurück und zog so an meinem Haar, dass ich an einer Seite seiner Männlichkeit nach oben und an der anderen nach unten leckte. »Außerdem hat er sich auch schon Freiheiten bei dir genommen.«

Er zeigte mir, wie ich an ihm saugen sollte, indem er mich in die Nippel kniff, wenn ich etwas ändern sollte, und sie zärtlich knetete, wenn ich es gut machte. Letztlich hatte ich es geschafft, mehrere Fingerbreit von ihm in den Mund zu nehmen, als er mich hochzog. »Komm. Setz dich rittlings auf mein Bein.« Ich legte mich längst über seinen mächtigen Oberschenkel. Nässe aus meiner Mitte benetzte seine Hose. »Du bist so brav«, lobte er mich. »Reib dich an mir, während du mich lutschst. Nimm dir dein Vergnügen.«

Ich hätte ja gewimmert, aber er führte meinen Mund wieder auf seine Härte, schob sie Fingerbreit für Fingerbreit zwischen meine Lippen. Mit der freien Hand streichelte er immer noch meine Brüste, schürte damit das Feuer in mir zu einem tosenden Inferno. Ehe ich wusste, wie mir geschah, wogten meinen Hüften, als ich versuchte, an seinem harten Bein zu Erlösung zu finden.

»Gut so. Gehorch deinem Herrn.« Er beugte sich vor und klatschte mir auf den hochgestreckten Hintern. »Schneller. Finde Erlösung.«

Lust durchzuckte mich. Ich wandelte auf des Messers Schneide. Das Ziehen an meinen Nippeln, der feuchte Fleck an Thorsteinns Hose, sein erdiger, salziger Geschmack, all das erfüllte meine Sinne und vereinte sich zu einem brodelnden Strudel, der mich kreisen ließ und durchschüttelte.

Ich stöhnte um Thorsteinns Härte, und als er kam, zog er sich zurück, um mein Gesicht in seinen Samen zu baden. Ich blinzelte, doch ich begegnete seiner zufriedenen Miene mit einem Lächeln.

»So ein braves Mädchen.« Er strich mir das Haar aus dem Gesicht. Dann half er mir auf und holte ein Tuch, um mich zu säubern. »So sehr es mir gefällt, dich mit meinem Erguss zu sehen, so können wir dich nicht ausbilden. Das ist zu verdammt ablenkend.«

Als er fertig war, küsste er mich innig. Schließlich zog er sich widerwillig zurück.

»Komm. Vik wartet auf uns.«

»Was ist mit ...« Ich zeigte auf den Fleck, den ich auf seiner Kleidung hinterlassen hatte.

»Wenn wir Zeit hätten, würde ich dich daran lecken lassen. Aber wir sind schon spät dran.« Er zuckte mit den Schultern.

»Soll das heißen ...« Ich schluckte. »Soll das heißen, du wirst die Hose heute draußen tragen?«

»Oh ja, Haustierchen.« Seine Belustigung wurde schelmisch. »Voll Stolz.«

5

Ampfer

»Nach gestern dachte ich, ihr würdet mich nicht mehr hinauslassen«, sagte ich, als wir uns von Yggdrasil entfernten.

»Du meinst, nachdem der Nebel dich weggelockt hatte?«, fragte Vik. »Das war unsere Schuld. Wir müssen wachsamer sein.«

»Ich kundschafte dieses Gebiet aus«, kündigte Thorsteinn an. »Bleib bei Vik«, befahl er mir und stapfte mit grimmiger Miene davon.

Meine Züge mussten in sich zusammengefallen sein, denn Vik legte mir tröstend einen Arm um die Schultern. »Er macht dir keine Vorwürfe, Ampfer. Nur sich selbst. Wenn er könnte, würde er dich in einen Turm aus Stein sperren und Tag und Nacht bewachen. Ihm gefallen die hinterhältigen Tücken des Feinds nicht, gegen den wir kämpfen.«

»Der Zauber?«, flüsterte ich, als wäre es gefährlich, ihn zu erwähnen.

»Ja. Mach dir keine Sorgen, wir haben einen Plan dafür, ihn zu brechen.« Er begann, die Waffen bereitzulegen, die wir an diesem Tag benutzen würden.

»Wie?«, fragte ich. »Ist es überhaupt möglich, einen solchen Zauber aufzuheben?«

»Die Paarungsbindung kann es. Sie besitzt ihre eigene schützende Magie.«

Das erfüllte mich nur mit Verzweiflung. Die Bindung, die sich uns entzog ... »Und was, wenn sie sich nicht einstellt?« Ich trat gegen einen Erdklumpen.

»Das wird sie.« Vik kehrte an meine Seite zurück. »Zerbrich dir darüber nicht den Kopf. Zwischen uns ist bereits etwas, fühlst du das nicht?«

Ich schüttelte den Kopf. Er ergriff meine Hand, drückte sie auf die Ausbuchtung im Schritt seiner Hose und lachte, als ich die Hand wegzog.

»Das ist nicht die Bindung«, murmelte ich und errötete.

»Ach nein?« Viks Lachen erwies sich als ansteckend, und ich lächelte mit ihm.

»Die Bindung ist wie Wasser«, erklärte er und kam langsam auf mich zu, wie er es immer tat, wenn er mir das Kämpfen beibrachte. »Sie fließt in jegliche Leerräume.« Er hob die Faust, und ich blockte sie. Er verrenkte sich, und ich wich einem Tritt aus. »Und sie überrumpelt einen, wenn man am wenigsten damit rechnet.« Er täuschte links an, täuschte rechts an, und als ich die Arme zur Verteidigung hob, tauchte er darunter hinweg, gelangte neben mich und schlang die Arme um mich. »Du bist gefangen«, hauchte er mir ins Ohr.

»Nicht ganz.« Wie er es mir beigebracht hatte, riss ich das Bein in die Nähe seines Schritts hoch und wirbelte gleichzeitig zur Seite, um mich aus seinem Griff zu befreien. Ich fiel auf den Waldboden, und er zog mich am Fuß zurück.

»Grrr«, knurrte er verspielt. »Du bist schnell, aber nicht schnell genug.« Er hielt inne, als er meinen Gesichtsausdruck bemerkte. »Was ist?«

»Was, wenn es nicht funktioniert? Die Bindung, den Fluch brechen, all das.«

Schnell ernüchterte er. »Wir haben vor, den Alphas zu berichten, dass wir Magie im Spiel vermuten. Wenn sie das verstehen, lassen sie vielleicht Milde walten.«

Rosalind könnte unter einem Bann gehandelt haben. Dann könnte ich ihr Verhalten erklären, ohne sie als Verräterin bezeichnen zu müssen. Wir mussten nur den Bann brechen, damit ich sprechen konnte.

»Dann komm.« Ich gab ihm einen Wink. »Lass uns üben.«

Wir rangen unter der milden Frühlingssonne miteinander. Vögel flogen über uns hinweg und tschilpten, als wüssten sie, dass der Scheinkampf unter ihnen nicht mit Blutvergießen enden würde. Vik brachte mir bei, wie ich mein Körpergewicht einsetzen konnte, um einen Mann auf den Rücken zu kippen. Ich mochte klein sein, aber ich war schnell, und ich konnte die Größe und das Gewicht meines Gegners gegen ihn einsetzen und ihm entwischen.

»Sei wie ein Fisch«, sagte Vik. »Wenn ein Fischer dich fängt, kannst du zappeln, bis du dich aus seinem Griff befreist und ihm entwischst.«

»Du willst immer, dass ich weglaufe.«

»Wenn du es mit einem mächtigeren Feind zu tun hast, dann ja. Deine beste Waffe ist die Überraschung. Aber nach dem ersten Mal kannst du sie nicht erneut einsetzen.« Er erhob die Stimme und schaute über mich hinweg. »Ist es nicht so, Bruder?«

»Ja.« Thorsteinn richtete sich von dem Baumstamm auf, an dem er gelehnt hatte. »Hör auf meinen Bruder, Ampfer. Hör auf seine Worte.«

Ich verdrehte die Augen. Nicht einmal Thorsteinns düstere Stimmung konnte meine Laune trüben. Ich schob mir eine verschwitzte Strähne aus dem Gesicht und nahm das Wasser entgegen, das mir Vik anbot. Mir kam der Gedanke, dass ich mich noch nie glücklicher gefühlt hatte.

»Ampfer schlägt sich gut. Sie lernt schnell.«

»Ach ja?« Thorsteinn musterte mich.

Ich gab Vik den Wasserschlauch zurück und nahm Kampfhaltung ein. »Greif mich an.«

Er legte die Waffen beiseite und tat es. Ich sah seine Finte voraus und duckte mich unter seinem ersten, lächerlich langsamen Vorstoß hindurch. Mit einem Anflug von Überraschung im Gesicht drehte sich Thorsteinn wieder zu mir.

»Sie ist flink«, merkte Vik von der Seite grinsend an.

»Sei still«, brummte Thorsteinn. Diesmal griff er schneller an. Ich landete einen Treffer an seiner Seite, als ich davonhuschte. Er folgte mir, packte mich und zog mich zu sich heran. »Ich habe alle deine Tricks gesehen. Jetzt habe ich dich.«

Wie es mir Vik beigebracht hatte, schnellte ich vor und rammte ihm den Schädel ins Gesicht.

Er taumelte zurück.

Vik lachte ausgelassen. »Die kleine Kriegerin wird zur Meisterin.«

Ich schnappte nach Luft, als Thorsteinn mit nach hinten geneigtem Kopf dastand und Blut aus seiner Nase floss.

»Arrr«, knurrte er dem Himmel entgegen. Aber als er auf mich zustapfte, lachte er. »Gut gemacht, kleine Kriegerin.«

»Du bist nicht wütend auf mich?«

»Weil du zu gut gelernt hast?« Er zerzauste mir das Haar. »Wenn wir das nächste Mal auf Patrouille gehen, sollten wir dich mitnehmen.«

Auf Patrouille gehen. Aller Frohsinn floss aus meinem Körper ab. »Haben die Alphas euch befohlen, in der Ferne zu patrouillieren?« Ich hätte nicht fragen sollen. Dazu hatte ich kein Recht.

»Nein.« Thorsteinn runzelte die Stirn.

Ich kaute auf der Unterlippe. Wenn sie weggingen, wer würde mich dann vor dem Rudel beschützen? Ich wäre auf mich allein gestellt. Eine Zeit lang würde ich im Baumhaus in Sicherheit sein. Aber nach einer Weile wäre es wohl am besten, wenn ich mich davonschliche. Vielleicht weg vom Berg ...

»Ampfer.« Vik bückte sich auf Augenhöhe zu mir, die Stirn in Falten gelegt. »Wir verlassen dich nicht.«

»Wenn die Alphas es euch befehlen, habt ihr keine Wahl.«

»Bist du so begierig darauf, uns loszuwerden?« Vik zerzauste mir das Haar.

»Ich meine nur, wenn ihr gehen müsst, wäre es am besten, wenn ich auch gehe ...«

Thorsteinn legte den Kopf mit finsterer Miene schief. »Willst du unbedingt weg?«

Ich schüttelte den Kopf.

»Komm.« Thorsteinns Hand packte mich am Arm. Er zog mich ein paar Schritte weit mit, bevor sich meine Beine in Bewegung setzten. Seine Züge verfinsterten sich. Ich hatte ihn beleidigt.

»Wohin gehen wir?«

»Genug von diesem Spiel. Wir haben Arbeit zu erledigen.«

Ich wollte erklären, dass ich nicht den Wunsch verspürte, vor ihnen wegzulaufen, aber wir marschierten so schnell. Ich trabte beherzt neben ihm her und stolperte beinah, als er abrupt anhielt.

»Wenn wir es mit ihnen aufnehmen, musst du daran denken, dass ich das Sagen habe. Du tust sofort, was ich verlange. Schwörst du es?« Der Blick seiner grauen Augen durchbohrte mich. Emotionen zogen wie Wolken über sein Gesicht.

»Ja«, platzte ich heraus, immer noch neugierig.

»Sie sind hier. Hinter dem Höhenzug.« Er ließ keine Regung erkennen, den Hang zu erklimmen, also blieb ich, wo ich war. Ein seltsames, leises, schlurfendes Geräusch ließ mich näher zu ihm treten.

Die Luft fühlte sich schwer an, erdrückend. Es roch nach einem aufziehenden Sturm. Sogar die Sonne wirkte hier trüber.

»Wo sind wir?«

»An der magischen Grenze, die von den Hexen um den Berg eingerichtet wurde«, erklärte Vik und schloss sich uns an. Seine Hand legte sich zart auf meinen Rücken.

»Nicht nur unsere Patrouillen schützen dich und die *Holzmouwas*. Der Totenkönig wütet über diese Insel, um seine Streitkräfte aufzustocken. Seine Macht wächst mit jedem Mond.«

Eine Brise setzte ein und wirbelte Laub auf. Der faulige Gestank brachte mich zum Würgen.

»Was ist das?«

»Die Streitkräfte des Totenkönigs.«

»Sie sind hier? Gleich hinter dem Hügel?« Voll Grauen

starrte ich auf die Felserhebung. Viks schlang die Arme um mich, und ich drückte mich an ihn.

»Ist schon gut, Ampfer«, beruhigte mich Thorsteinn mit sanfter Stimme. Er berührte mein Haar. »Sie können nicht herein.«

»Aber wie könnt ihr hinaus?«

»Wirst du gleich sehen.« Vik drückte mich noch einmal, bevor er davonschlenderte. Nach ein paar Schritten drehte er sich um. Thorsteinn warf ihm etwas zu.

»Komm.« Er bedeutete mir, dem tätowierten Krieger zu folgen. Ich hielt den Atem an, als wir uns der Kuppe des Hügels näherten. Der Gestank brachte meine Augen zum Tränen. Ich erklomm den Hügel und schnappte nach Luft.

Die Grenze verlief als unsichtbare Linie durch das braune Laub. Auf der einen Seite ging Vik auf und ab und rollte einen Runenstein auf der Handfläche. Auf der anderen Seite befanden sich schier endlose Ränge grauhäutiger, in Lumpen gekleideter Schauergestalten. Ihre verwesenden Gesichter pressten gegen die unsichtbare Barriere, die magische Blase, die den Berg schützte.

»Es sind so viele.« Ich schrak vor dem Gestank und dem Anblick zurück.

»Ja«, pflichtete Thorsteinn mir grimmig bei. »Das sind die Untoten. Der Totenkönig erweckt sie, damit sie seinen Willen erfüllen.« Thorsteinn zog mich zurück, und ich drückte mich an ihn, ließ mich von seiner Stärke beruhigen.

Vik rückte unbekümmert bis zur Grenze vor und warf den Runenstein wie ein Jongleur. Die untoten Soldaten auf der anderen Seite heulten und geiferten, streckten knochige Finger nach ihm aus. Er schritt auf und ab. Der Hintergrund untoter Horden umrahmte seinen mächtigen Körper. Er warf den Runenstein einmal, zweimal, fing ihn müßig auf.

»Was macht er da?«, fragte ich Thorsteinn.

Der riesige Krieger zog mich näher und forderte mich auf: »Sieh zu.«

Vik suchte sich eine Stelle vor den geifernden Rängen aus. Er legte den Kopf schief ... und warf den Stein in Richtung der Barriere. Das Geschoss flog zwischen die *Draugr* und verschwand. Auf einen lauten Knall folgte ein Schwall gewaltiger, sengender Hitze. Die Erde erbebte.

Feuer loderte in den Reihen der Schergen es Totenkönigs auf. Flammen leckten an verrotteter Kleidung, grauer Haut und freiliegenden Knochen. Die Untoten kreischten, rissen die Münder zu einem Todesschrei auf, der im tosenden Gebrüll und Knistern des mächtigen Feuers unterging. Rauch wallte empor und wehte begleitet von widerwärtiger Asche über uns hinweg.

Ich verbarg das Gesicht an Thorsteinn.

»Baalsfeuer«, flüsterte Thorsteinn. »Sei tapfer, kleine Kriegerin«, murmelte er.

»Es hat geklappt.« Vik kehrte an unsere Seite zurück. Ich knirschte mit den Zähnen und drehte mich wieder der Grenze zu. In den Rängen der *Draugr* entstand eine Schneise. Skelettarme streckten sich fuchtelnd dem blauen Himmel entgegen und wurden schnell vom Feuer erfasst. Ich wandte mich ab und redete mir ein, das Knistern ginge bloß von trockenen Ästen in einem Feuer aus.

»Das ist neue Magie«, erklärte Thorsteinn und zeigte mir die Runensteine.

Vik holte ein paar mehr aus seinem Beutel. »Willst du es versuchen?« Er führte mich vor zur Grenze. Die Schneise hatte sich gefüllt. Untote schnappten mit den Zähnen nach mir. »Such dir eine Stelle aus, an der sie sich dicht scharen.«

»Vik ...« Ich drückte mich an ihn.

»Auf dieser Seite der Grenze können sie dir nichts anhaben«, versprach Vik. »Aber die Runensteine können sie erreichen. Du schaffst das, kleine Kriegerin. Weißt du noch, wie sie uns gejagt haben? Wie sie dich und deine Freundinnen mitgenommen haben?«

»Ja.« Ich straffte die Schultern. »Sie haben uns geradewegs zum Totenkönig gebracht.«

»Du willst kämpfen.« Vik legte mir einen Runenstein in die Hand. »Also kämpf.«

Ich umklammerte die Waffe, wog sie in der Hand. Vik drückte meine Beine auseinander, korrigierte meine Wurfhaltung. Ich schloss die Augen und erinnerte mich an den Kampf nach dem Verlassen des Klosters. Damals war mein Bein gebrochen, und Vik und Thorsteinn hatten zum ersten Mal versucht, mich zu ihrer Gefährtin zu machen. Die *Draugr* waren aus allen Richtungen herangeströmt und hatten uns überwältigt. Berserker waren gestorben. Meine Freundinnen und ich wurden völlig verängstigt entführt. Zum steinernen Hort des Totenkönigs, wo es stank wie in einer Gruft. Als ich tief Luft holte, roch ich Fäulnis.

»Jetzt«, befahl Vik, und ich warf.

Als die Explosion erfolgte, schirmte er mich ab. Ich spähte zwischen seinen tätowierten Unterarmen hindurch zu dem Rauch und der Zerstörung, die ich angerichtet hatte. Und ich lachte.

»Noch mal. Gib mir noch einen.«

Den Rest des Tags rannte ich die Grenzlinie entlang auf und ab. Die *Draugr* strömten in jede Lücke. Ihre Ränge schienen endlos wie ein gewaltiger, stinkender Ozean zu sein. Gelegentlich wateten Thorsteinn und Vik ins Getümmel. Sie überquerten die Grenze und stürzten *Draugr* ins Verderben.

Wir fielen in einen Ablauf. Ich warf einen Runenstein, sie folgten ihm mit Gebrüll und schnitten jeden Feind um, der nach der Explosion noch aufrecht stand. Wenn sich die

Reihen der Draugr wieder füllten und sie überwältigten, zogen sie sich zurück, bis ich einen weiteren Stein warf.

»Wird es je enden?« Verirrter Rauch brachte mich zum Husten.

»Müde?« Vik bot mir einen Wasserschlauch an. Seine Haut war glitschig vor Schweiß und den Körperflüssigkeiten sterbender *Draugr*. Seine Brust hob und senkte sich heftig, an den Armen hatte er mehrere Schnitte von den Waffen des Feinds. Während ich trank, heilten die schlimmsten Verletzungen vor meinen Augen. Viks Grinsen war breiter, als ich es je erlebt hatte.

»Nein.« Ich gab ihm den Trinkschlauch zurück und holte meine Schleuder hervor. »Machen wir weiter!«

Stück für Stück, Sprengung für Sprengung mähten wir den Feind nieder. Letztlich merkte man etwas – als die *Draugr* nachdrängten, um die vordersten Ränge an der Grenze wieder aufzufüllen, wurden die Reihen lichter. Sie erstreckten sich nicht mehr, so weit das Auge reichte.

»Es klappt«, rief ich. »Wir gewinnen!«

Vik hämmerte auf seinen Schild und knurrte dem Feind vergnügt entgegen. Thorsteinn verhielt sich ruhiger, wartete mit ausgestreckter Axt und gezücktem Speer auf den nächsten Wurf. Er kämpfte ohne Schild. Vik versteckte sich nicht hinter seinem, sondern pflügte damit durch die Scharen der Toten und mähte mehrere auf einmal nieder.

Ich ging nach vorn zur Grenze, schritt sie furchtlos ab. Die *Draugr* hatten gelernt, vor dem Anblick der Runensteine zurückzuschrecken. Aber wenn ich einen in der Schleuder versteckte, drängten sie wieder heran und geiferten, während sie versuchten, mich zu erreichen. Ich schwenkte die Schleuder und wartete, dass sich mehr an einer Stelle scharten, die ich auf einen Schlag vernichten könnte. Wir würden den Feind von dieser Seite des Bergs beseitigen. Und ich würde dabei geholfen haben.

Ich feuerte den Stein tief in das Gewimmel der Untoten. Das Baalsfeuer ging mitten in ihren Reihen hoch. Ich stand der Explosion zugewandt da und rührte mich nicht. Hitze fegte über mein Gesicht, sonst nichts. Staub und Gliedmaßen regneten auf die *Draugr* herab, als sich Thorsteinn und Vik in Bewegung setzten. Sie griffen von zwei Seiten an und hackten den Feind nieder, bis sie sich in der Mitte trafen. Dann wandten sie sich nach außen, um noch stehenden Untote auszuschalten.

»Fast fertig, kleine Kriegerin«, rief Vik.

Und dann sah ich etwas. Hoch über dem Gefecht in einer dunklen, brodelnden, von Blitzen durchzuckten Wolke zeichnete sich ein großes Skelett ab. Es konnte nicht echt sein. Der Totenkönig konnte nicht hier sein. Aber er war schon einmal auf diese Weise erschienen, und jedes Mal kam es mir durchaus echt vor.

»Nein!«, kreischte ich. Rasch lud ich einen Stein in meine Schleuder und schoss. Der Runenstein explodierte über den Köpfen der Krieger – sie hechteten in Deckung. Der dunklen Gestalt jedoch konnte das Baalsfeuer nichts anhaben.

Ich taumelte rückwärts und wurde von Nebelschwaden verschluckt. Und plötzlich war ich auf meiner Seite der Grenze nicht mehr sicher. Der Gestank der Untoten umfing mich. Überall *Draugr*. Graue Gesichter drängten mir entgegen, knochige Finger zerrten an mir.

Ich schrie auf, strampelte rückwärts und kramte hastig einen Runenstein hervor. Es rutschte mir aus den Fingern ...

»Ampfer, nein!« Vik sprang los, landete vor mir und fing den fallenden Runenstein auf. Kaum hatte er ihn, schleuderte er ihn weit in die Ränge der *Draugr*. Nach einem weiteren Knall bedeckte ein stinkender Schleier aus verkohlten Knochen mein Gesicht und erstickte mich.

»Der Totenkönig«, kreischte ich und röchelte. Thorsteinn brüllte etwas.

Vik packte mich und rannte mit mir in gebückter Haltung von der Grenze weg. Ich ließ den Kopf unten, drückte das Gesicht an Viks Brust, suchte seinen Geruch nach Leder und Fell.

Schließlich gelangten wir in Sicherheit. Um uns herum schien die Sonne. Keine magische Grenze, kein Nebel, keine Erscheinung des in der Luft schwebenden Totenkönigs. Nur klarer Himmel und saubere Luft. Ich atmete tief ein und brach an Vik zusammen.

Er hielt mir einen Becher an die Lippen, und ich trank lange, gierige Schlucke des kalten Wassers. »Geht es dir gut?«

»Besser.« Ich schnappte nach Luft, während er einen weiteren Becher einschenkte.

»Mehr«, wies er mich an, und ich trank erneut. Er wischte mir das Gesicht mit einem kühlen Tuch ab.

»Verzeih mir«, sagte ich schließlich. »Ich dachte ... Ich dachte, ich hätte den Totenkönig gesehen. Da war Nebel, und er hat mich umhüllt. Er hat mich irgendwo hingebracht.«

»Wir haben es gesehen. Da war wirklich Nebel, Ampfer, aber du warst noch bei uns. Du bist über die Grenze gelaufen.«

Erschöpft schüttelte ich den Kopf. »Ich war verwirrt. Als der Totenkönig zuletzt erschienen ist ...« *Wäre Rosalind fast gestorben.*

»Wurdest du gefangen genommen«, beendete Vik den Satz für mich. Er wusste nur vom ersten Mal. Nicht vom zweiten Mal.

»Wir erinnern uns daran«, sagte Thorsteinn mit angespannter Stimme. »Wir hätten dich nie an den Ort gebracht, wenn wir gewusst hätten ...«

»Wie es sich auf mich auswirken würde?« Ich rieb mir das Gesicht. »Das konntet ihr nicht wissen. Und ich auch nicht.«

»Du wurdest mit deinen Freundinnen entführt«, fuhr Vik fort, »aber du wolltest vorher nie darüber reden.«

»Ich wollte mich nicht daran erinnern. Ich habe es mir nicht gestattet, mich daran zu erinnern.« Es war verschwommen geworden wie ein böser Traum.

»Aber es könnte helfen, darüber zu sprechen«, meinte Thorsteinn.

Ich nickte. So viele Erinnerungen hatte ich in mir eingesperrt. Geholfen hatte es mir nicht.

Vik rieb mir den Rücken. »Bist du bereit, uns zu erzählen, was passiert ist?«

Ich presste die Augen zu. Ich konnte nicht preisgeben, was sich an jenem verhängnisvollen Tag mit Rosalind zugetragen hatte. Aber ich konnte ihnen erzählen, was im vergangenen Herbst geschehen war. Vor so langer Zeit.

»Wir sind damals auf die Berserker getroffen, die gegen die *Draugr* gekämpft haben. Ihr habt mich auf dem Baum zurückgelassen.« Meine Stimme zitterte. »Und seid ins Getümmel gestürmt.«

»Wir dachten, dort wärst du in Sicherheit«, murmelte Vik.

»Das war ich auch.« Ich vergrub das Gesicht in den Händen. Das hatte ich ihnen nie verraten. »Zumindest wäre ich es gewesen ... wenn ich den Baum nicht verlassen hätte.«

»Was?« Thorsteinns Knurren ging mir durch Mark und Bein.

»Es war meine Schuld, dass ich entführt wurde. Ich

habe meine Freundinnen schreien gehört ... und konnte nicht in Sicherheit bleiben, während sie mitgenommen wurden.«

Stille. Meine Krieger waren wütend auf mich. Also konnte ich ihnen genauso gut den Rest erzählen.

»Ich bin losgerannt, wollte sie retten. Was ich unternehmen wollte, wusste ich nicht. Aber nach dem Paarungsbiss habe ich mich stärker gefühlt. Schnell. Mächtig.«

»Das war die Bindung«, murmelte Vik.

»Ich dachte zwar nicht, dass ich sie retten könnte, aber ich musste tun, was ich konnte. Ich hatte meine Schleuder. Unterwegs bin ich auf einen *Draugr* gestoßen und habe ihn zurückgeschlagen.« Damals wusste ich nicht, womit ich es zu tun hatte. Der Nebel wirbelte dicht um mich herum, und ich wusste nur, dass ich mich in einem wachen Alptraum wähnte. »Als ich meine Freundinnen erreichte, ist er erschienen.« Ein Schauder durchlief mich. »Und dann waren wir woanders.« Ich schüttelte den Kopf. Was ich beschrieb, war unmöglich, das wusste ich durchaus. »Ich bin in einer Halle aus Stein liegend aufgewacht. Meine Freundinnen schliefen um mich herum. Fast alle.« Eine war wach gewesen. Ihr goldenes Haupt hatte sich schimmernd in der Düsternis abgezeichnet. Rosalind. »Da war eine ... Gestalt ... in der Dunkelheit. Groß. Größer als jeder gewöhnliche Mann. In Roben gekleidet, aber so dünn.« Meine Stimme senkte sich auf ein Flüstern. »Er war kaum mehr als ein Skelett. Ein Leichnam.«

»Der Totenkönig.« Vik knurrte, und ich erschrak, als mir bewusst wurde, dass ich es ihnen tatsächlich erzählte. »Er hat mit Rosalind gesprochen. Er hat die Hände ausgestreckt, wollte ihren Kopf berühren, und i-ich musste etwas unternehmen. Ich hatte noch meine Schleuder.«

»Du hast den Totenkönig angegriffen?«

»I-ich wollte es nicht«, stammelte ich. »Aber ich habe nicht nachgedacht. Ich wusste, dass er ihr wehtun würde. Irgendwie wusste ich es einfach. Ich habe ihm einen Stein an den Kopf geschleudert. Dann bin ich losgeprescht und habe Rosalind geschnappt. Plötzlich waren wir draußen, zurück im Wald. Wir alle. Wir haben die anderen geweckt und sind in Bewegung geblieben. Dann habt ihr uns wieder gefunden.«

»Du hast sie gerettet. Deine Waisenschwestern.«

»Ich habe nur getan, was ich tun musste.«

»Erinnert sich Rosalind daran?«

»Ich glaube schon. Trotzdem hasst sie mich.« Wie sonst ließen sich ihre Kälte und ihre beißenden Bemerkungen erklären?

Thorsteinn und Vik wechselten einen Blick.

»Ampfer, wenn ... falls Rosalind aufwacht, wird ihre Geschichte dich dann verurteilen?«

Ich schloss die Augen. »Ja«, bestätigte ich flüsternd. Ich hatte meine Schleuder erneut benutzt. Hatte auf sie geschossen. »Verzeiht mir. Ich wusste nicht, was ich sonst tun sollte.«

»Du hast nicht grundlos auf sie geschossen. Genau, wie du nicht grundlos auf den Totenkönig geschossen hast, als du unterwegs vom Kloster zu unserem Berg warst.«

»Ja.« Ich ließ den Kopf zurückfallen. Er landete mit einem dumpfen Laut. Eine Hand fuhr mir über die Stirn.

»Ruh dich jetzt aus, kleine Kriegerin. Du bist hier in Sicherheit. Wir kümmern uns um alles.«

DER TRAUM LIEF in meinem Kopf so überzeugend wie die Wirklichkeit ab. Rosalinds heller Schopf zeichnete sich leuchtend vor *der schattigen, über ihr aufragenden Gestalt ab. Skeletthände streckten sich ihr entgegen. Ich feuerte die Schleuder ab, ließ den Stein fliegen. Aber im Gegensatz zum ersten Mal, als ich auf den Totenkönig geschossen hatte, erzielte ich keine Wirkung. Der Stein verschwand im Nebel, und die bedrohliche Gestalt griff weiter nach meiner Freundin.*

Der Mondstein, *hatte Rosalind zu mir gesagt.* Wir müssen ihn holen, bevor er es tut. Wenn er ihn bekommt, ist alles verloren, denn er schürt seine Macht. *Und da stand sie nun vor dem Totenkönig und bot ihm den leuchtenden Mondstein an.*

Ich zögerte nicht. Schnell legte ich ein weiteres Geschoss in meine Schleuder ein, holte aus – und traf mein Ziel ... Rosalinds goldenen Kopf. Sie fiel zu Boden. Der Schatten des Totenkönigs schwebte zischend über ihr. Ich preschte los, um den Mondstein zu holen – und rannte hinein in dichten Nebel. Die Schwaden verschlangen mich. Ich konnte die Hände nicht vor dem Gesicht sehen. Mein Fuß traf auf ein Hindernis. Ich stolperte und landete von Angesicht zu Angesicht mit Rosalinds Zügen. Sie lag auf dem Waldboden. Blut sickerte aus ihrem Schädel. Der Mondstein war verschwunden. Der Totenkönig auch.

Ein Krächzen über meinem Kopf ließ mich suchend in die Bäume aufschauen. Ein schwarzer Vogel saß auf einem Ast über uns. In seinem Schnabel schimmerte der Mondstein.

»Gib ihn zurück«, sagte ich und erhob mich mit der Schleuder in der Hand. Ich hatte keinen Stein mehr. »Bitte. Wir müssen ihn sicher verwahren.«

Der Rabe breitete die Flügel aus und verschwand. Ich starrte auf den leeren Ast. Er schwankte leicht, als hätte sich gerade ein Vogel von ihm in die Lüfte erhoben, und ich war dankbar dafür. Dadurch wusste ich, dass ich nicht den Verstand verloren hatte.

Zu meinen Füßen sickerte Rosalinds Blut in die Erde. Sie hatte mich bis hierher geführt, mich ausgetrickst, damit ich ihr geholfen hatte, den Mondstein zu finden – um ihn am Ende unserem Feind auszuhändigen. Beherrschte der Totenkönig ihren Verstand? Wurde sie benutzt?

Bevor ich auf die Knie sinken und ihren Kopf verbinden konnte, ließ mich ein Schrei die leere Schleuder anheben. So fanden mich die Berserker, die nutzlose Waffe gezückt, meine Waisenschwester, wie ich eine Holzmouwa, bewusstlos zu meinen Füßen.

Sie fesselten mich und brachten mich zurück zum Berg. Ich versuchte, ihnen zu erklären, was sich mit dem Totenkönig, dem Mondstein und dem Raben zugetragen hatte, aber sie hielten es für Unsinn. Was Rosalind getan hatte, erzählte ich ihnen nicht. Wie konnte ich sie als Verräterin bezeichnen, wenn sie nicht die Möglichkeit hatte, sich zu verteidigen?

»Ampfer«, rief jemand über eine große Entfernung. »Ampfer, komm zurück zu uns.« Thorsteinn und Vik. Aber sie konnten mich nicht wollen. Und selbst wenn doch, auf mich kam aus dem Nebel eine andere Gestalt zu, knochige Hände ausgestreckt, um mich zu packen ...

»Der Totenkönig!« Ich warf mich hin und her. »Er kommt.«

»Er ist nicht hier«, redete Thorsteinns tiefe Stimme beruhigend auf mich ein. Seine Finger strichen über meine Wangen. »Wir sind hier.«

Ich öffnete die Augen. »Ihr habt mich verlassen.« Ich lag im dunklen Baumhaus zwischen zwei ausgestreckten Kriegern.

Zu meiner Linken räusperte sich Vik. »Wir sind gegangen, weil wir verflucht sind. Ohne eine Gefährtin verlieren wir den Verstand.«

»Ich dachte, ich wäre eure Gefährtin.«

»Wir haben es versucht«, sagte Thorsteinn. »Wir haben Anspruch auf dich erhoben. Aber nachdem dich der Totenkönig entführt hatte, war die Bindung unterbrochen. Und nichts, was wir getan haben, konnte sie wiederbeleben. Du warst für uns verschlossen, und wir dachten, mit der Zeit würdest du dich für einen anderen entscheiden.«

»Es war einfacher, eine Patrouille auf der anderen Seite der Insel anzunehmen, als zu bleiben und zu versuchen, dich dazu zu bringen, uns zu lieben. Wenn du uns nicht gewollt hättest, wären wir verrückt geworden.« Vik strich mir das Haar aus dem Gesicht und beugte sich herab, bis sich unsere Stirnen berührten.

»Verzeih uns, Ampfer. Wir haben einen Fehler begangen. Vor langer Zeit hatte ich eine Frau. Hildr war eine Schildmaid, eine Kriegerin wie du«, sagte Thorsteinn. »Sie und ich hatten eine Meinungsverschiedenheit, bevor wir in eine Schlacht gezogen sind. Ich wollte, dass sie in Sicherheit blieb, sie wollte kämpfen. Ich hatte ihr gesagt, sie sollte im Kampf auf mein Zeichen warten. Sie hat mir nicht gehorcht und ist allein in die Ränge des Feinds gelaufen. Sie wurde hingemetzelt, bevor ich sie erreichen konnte.«

Ich legte Thorsteinn die Hand auf die Wange, und er lehnte sich dagegen. »Meine erste Liebe habe ich verloren, weil ich sie nicht dazu bringen konnte, mir zu gehorchen. Und Viks Mutter hat ihn und seinen Vater wieder und wieder verlassen.«

»Wir konnten sie nicht zum Bleiben bewegen«, murmelte Vik. »Manchmal ist es einfacher, selbst zu gehen, bevor man von einem geliebten Menschen verlassen wird.«

»Und jetzt?«, fragte ich mit belegter Stimme. Vik fasste hinter sich und reichte mir einen Becher. Ich trank, bevor ich weitersprach. »Was habt ihr jetzt mit mir vor?«

»Wir gehen nicht weg. Wir verlassen dich nie wieder. Das schwören wir.«

Ich lege mich wieder zwischen sie. Meine Hand bewegte sich zu Vik und ertastete seine Finger. Meine andere Hand

ergriff die von Thorsteinn. Vielleicht würden wir nie
Gefährten werden, aber wir würden zusammen sein.

ICH ERWACHTE ZWISCHEN DEN KRIEGERN. Ein schweres Fell
bedeckte meinen Körper. Ich schüttelte es ab. Mir war heiß.
Zu heiß. Schweiß lief mir den Rücken hinunter.

An meiner Seite murmelte Vik etwas. Er rollte sich
herum. Sein Arm legte sich über mich. Ein weiteres
Murmeln, und er zog mich zu sich.

Ich wand mich in seinen Armen. Seine Augen blieben
geschlossen. Dunkle Wimpern breiteten sich fächerförmig
über seine tätowierten Wangen aus. Seine Nase war oben
am Ansatz etwas krumm. Dafür fand ich seinen Mund
perfekt geformt. Ich reckte den Hals, damit ich die Lippen
auf die seinen drücken konnte.

Seine Lider öffneten sich.

»Thorsteinn«, brummte er. »Wach auf.«

»Was ist?« Thorsteinn grunzte.

»Ampfer. Sie ist brünstig.«

Ich wölbte den Rücken durch, zerrte an meinem Wams.
Das Leder war zu schwer, zu rau für meinen Körper. Ich
krümmte mich, als ich versuchte, mich daraus zu befreien.

»Ruhig, ruhig«, murmelte Thorsteinn an meinem
Rücken.

»Ich muss ... Ich brauche ...« Ich weinte beinah, während
ich am Kragen zerrte. Vik richtete sich auf und half mir,
mich auszuziehen wie eine sich häutende Schlange. Kühle
Luft traf auf meinen Körper, aber das reichte nicht. Ich
strampelte mich aus der Hose und legte mich keuchend
zurück.

»Schhh«, machte Thorsteinn beruhigend. Seine Hand

hob mir das Haar vom Nacken, bevor er mir einen Kuss darauf gab. Die zärtliche Berührung schoss wie ein Blitz durch mich, durch meinen inneren Sturm. Meine Hüften wogten. Ich rollte mich herum und warf mich auf ihn.

»Ampfer«, murmelte er. Seine Lippen bewegten sich unter meinen. Ich packte seinen Zopf, zog ihn mit einem Ruck näher und presste den Mund fester gegen seinen.

»Ampfer ...« Er lachte. Ich rieb den Busen an seiner rauen Brustbehaarung, wölbte den Rücken wie eine Katze und schnurrte genüsslich über die perfekten Empfindungen.

Mit der Faust in meinem Haar zog er mich zurück. »Du bist brünstig.«

Während meine Hüften gegen seine wogten, nickte ich. Das hatte ich schon einmal erlebt, damals im Kloster. Dort hatte ich mich versteckt und gelitten. Diesmal musste ich mich weder verstecken noch leiden.

Vik fluchte.

»Willst du das?« Thorsteinns Hüften schnellten hoch. Seine Härte traf die sehnsüchtige Stelle zwischen meinen Beinen, und meine Augen rollten nach oben. Ich bebte und stöhnte.

»Sag es«, verlangte er, die Faust noch immer in meinem Haar, um mich davon abzuhalten, mich so zu bewegen, wie ich wollte. »Bettle um meinen Schwanz.«

»Ich will ihn.« Ich leckte mir die Lippen.

Er rieb seine Härte an mir. »Sag es.«

»Ich will dich«, zischte ich und bohrte die Finger in seine Schultern, weil mich die panische Angst überkam, er könnte sich zurückziehen. »Ich brauche es.«

»Es?« Seine linke Hand zog an meinem Haar, seine rechte an seiner Hose, um seine perfekte Länge herauszuholen. »Brauchst du meinen Schwanz?«

»Ja.«

Vik befand sich hinter mir. Seine Hände legten sich um meine Taille. Sie hoben mich an und hielten mich gerade hoch genug, damit sich Thorsteinn in mich fädeln konnte.

Ich atmete pures Glück aus und knetete Thorsteinns Brustmuskeln. »Ah, ja. Ja.« Blitze rasten knisternd über mein Rückgrat und erweckten jedes Fleckchen meines Körpers. Ich spürte Thorsteinn von den Zehenspitzen bis zur Schädeldecke. Meine Brustwarzen verhärteten sich zu kieselartigen Spitzen.

»Zeig es mir«, befahl Thorsteinn. »Zeig mir, wie sehr du mich brauchst.«

Ich wogte vorwärts.

»So ist's gut, Kleines. So ist es richtig.« Er packte meine Hüften und stützte mich. Vik stand neben uns und packte das eigene Gemächt aus, die Lider auf halbmast.

»Halt dich fest«, sagte Thorsteinn. »Ich gebe dir, was du brauchst.« Sein Körper verhärtete sich unter meinen tastenden Fingern, seine Arme verwandelten sich in Granit, als er sich von unten in mich rammte. Ich heulte auf und wäre gefallen, hätte Thorsteinn die Finger nicht in meine Pobacken gebohrt.

Vik packte mich an den Haaren. »Lutsch mich.« Er lenkte seine Härte in meinen willigen Mund. Ich leckte über seine Länge und schaute zu ihm auf, um zu sehen, ob ich es gut machte.

»Ja, so geht das«, brummte Vik, während seine Hand mich führte.

»Das ist der Anfang«, flüsterte Thorsteinn, als seine Finger über meine Seiten streichelten. Mein Körper kribbelte bei dem Versprechen vor Erwartung. »Das ist unser Anspruch: Du gehörst uns und niemandem sonst.«

»Ja«, rief ich, als Hitze durch mich wogte und sengende

Ekstase hinter sich herzog. Meine Muskeln spannten sich an, mein Körper verbog sich und vibrierte vor Empfindungen.

»Noch mal«, sagte Thorsteinn und zog meine Hüften auf seine.

Sie forderten mich wieder und wieder, bestiegen mich ein ums andere Mal, während ich nach Erlösung schrie. Schließlich zog mich Thorsteinn auf seinen Körper, und ich ritt auf ihm, zu erschöpft für Worte. Mein Leib zog sich um ihn herum zusammen, bis ein weiterer Blitz über mein Rückgrat raste und ich zusammensackte. Er musste mich zur Seite rollen und so zum Abschluss kommen.

Draußen besangen die Vögel einen neuen Tag.

Die Sonne stand hoch am Himmel, als die Krieger und ich schließlich das Baumhaus verließen.

»Machen wir heute Übungskämpfe?«, fragte ich, während ich an einem Apfel kaute. Trotz eines ausgiebigen Frühstücks war ich immer noch hungrig.

»Übungskämpfe?« Thorsteinn zerzauste mir das Haar. »Möchtest du das? Ich dachte, wir hätten letzte Nacht genug gerungen.«

Ich errötete, und Vik stibitzte mir den Apfel, biss augenzwinkernd hinein.

»Ampfer.« Thorsteinns Hand legte sich auf meine Schulter und zog mich zurück, kurz bevor ich einen Ruf hörte. Ein Krieger marschierte den Hügel herunter in Richtung unseres Baumhauses.

»Knut.« Vik richtete sich auf und begrüßte ihn. Ich blieb zurück, obwohl Thorsteinn beruhigend meine Schulter drückte. Ich wusste, dass ich dem Krieger nicht in die Augen sehen sollte, aber etwas im Gesicht des Besuchers löste Warnglocken in mir aus, und ich konnte nicht wegschauen.

»Wie geht's an diesem Morgen?«, rief Thorsteinn.

»Thorsteinn, Vik«, begrüßte Knut uns mit tiefer Stimme. Er sah mich an. Ich versteckte mich hinter Thorsteinn. »Habt ihr die Bindung vollzogen?«

Thorsteinns Finger beugten sich auf meiner Schulter. »Warum? Wollen die Alphas uns testen? Es ist noch kein Mond vergangen.«

»Eure Zeit ist abgelaufen.« Knut schaute von einem Krieger zum anderen. »Rosalind ist aufgewacht.«

6

Ampfer

Die Krieger packten mich in einen Mantel, der nach ihnen roch, und brachten mich schnell zu einer Seite des Bergs, an der ich noch nie gewesen war.

»Hier verlasse ich euch«, verkündete Knut, als wir den Eingang einer Höhle erreichten. »Die Alphas warten.«

»Komm.« Thorsteinn schob mich auf den dunklen Eingang zu. Ich schreckte zurück. Meine Beine verwandelten sich in Stein.

»Ruhig, ist schon gut. Siehst du?« Vik marschierte unbekümmert hinein. »Es ist keine Sackgasse, sondern ein geheimer Eingang in den Berg.«

»Was machen wir hier?«, fragte ich nun, da Knut gegangen war. Mein Magen brodelte seit einer Weile und drohte, alles auszuspeien, was ich gegessen hatte. Ich klammerte mich an den Kriegern fest, bis meine Knöchel weiß hervortraten.

»Die Alphas werden uns rufen, um unsere Bindung zu prüfen«, erklärte Thorsteinn und winkte mich hinein. »Hier«, sagte er zu Vik, der am Eingang eine Fackel gefunden und angezündet hatte. »Dieser Ort ist so gut wie jeder andere.«

»Was habt ihr vor?«, fragte ich, als sie mich auf einen Felsenbrocken hoben und sich vor mich stellten. Der Schein der Fackel umgab uns mit flackernden Schatten. Außerhalb des kleinen Lichtkegels herrschte Dunkelheit. Ich schluckte.

»Ampfer, weißt du noch, dass wir gesagt haben, die Bindung könnte einen Zauber brechen?«, fragte Vik.

»Ja.«

»Es ist an der Zeit, es zu versuchen«, brummte Thorsteinn und lehnte sich nah zu mir. *Öffne dich, Kleines. Hab keine Angst davor.* Ich erschrak, als seine Stimme in meinem Kopf widerhallte.

»Es ist alles gut.« Vik ergriff meine Hände. »So geht das.«

»Ich kann nicht ...« Wo einst eine Barriere war, eine Tür, die den Weg versperrte, war plötzlich nichts mehr. Aber auch kein Licht. Nur Dunkelheit, und ich schrak davor zurück. »Ich kann das nicht.«

Du kannst, beharrte Thorsteinn unmittelbar außerhalb der früheren Tür. Die Dunkelheit wich zurück, und er trat ein.

Zeig mir, was passiert ist. Nicht reden. Zeig es mir.

Viks Hände verstärkten den Griff um meine. »Schließ die Augen, Ampfer.« Ich starrte ihn an. Ein Lächeln krümmte seine Mundwinkel. »Tu ausnahmsweise, was man dir sagt.«

Thorsteinn lächelte. Die Flamme warf ihren flackernden

Schein über sein Gesicht, aber ich sah darin weder Zorn noch Vorwürfe.

Ich konnte das.

Also schloss ich die Augen ...

MITTERNACHT. *Der Mond spendete spärliches Licht, das sich in den Überresten von Schnee fing, als Rosalind die Hütte verließ. Es brachte ihr helles Haar zum Funkeln, als ich ihr folgte. Dieses Verhalten sah Rosalind nicht ähnlich.*

»Ampfer?« Juliet war draußen, kauerte in den Schatten. Sie versteckte sich dort oft, wenn sie brünstig wurde. Als ehemalige Nonne hatte sie eine Heidenangst, die Berserker könnten es herausfinden und sie zur Paarung zwingen.

»Ist Rosalind hier vorbeigekommen?«, fragte ich.

Juliet nickte mit gequälter Miene. »Ich sollte ihr nachgehen. Sie verhält sich in letzter Zeit merkwürdig.« Juliet musste mir nichts erklären. Rosalind gab sich ruhiger als sonst. Nachts wälzte sie sich herum und hatte offensichtlich Albträume. Tagsüber wurde niemand von ihrer scharfen Zunge verschont, nicht einmal ihre geliebte Schwester Espe.

»Ich mache das. Ich finde heraus, was sie vorhat.« Im Vorbeigehen streifte ich Juliets Schulter.

»Bringt sie zurück«, rief mir die ehemalige Nonne nach.

Es ergab keinen Sinn, dachte ich bei mir, als ich Rosalind zwischen den Bäumen hindurch folgte. Sie trug einen Mantel, machte sich aber nicht die Mühe, ihren hellen Kopf zu bedecken. Der Mond tünchte ihr blondes Haar in einen silbrigen Schein. Warum wollte sie weggehen? Sie hatte meine Pläne verspottet, in der Wildnis zu leben. Allerdings war bei ihrer Hänselei auch Neid durchgeklungen. Sie machte keinen Hehl aus ihrer Abneigung gegen die Berserker und ihrem Wunsch, zu fliehen. Aber ich hätte nie gedacht, dass sie es tatsächlich tun würde. Die

Rosalind, die ich kannte, würde ihre Schwester niemals zurücklassen.

Nebel querte unseren Weg. Ich eilte durch die milchigen Schwaden und versuchte vergeblich, Rosalind einzuholen. Zwischen den Bäumen zeichnete sich flackernder Feuerschein ab, und die Stimmen von Männern ertönten rau und tief. Unsere Aufpasser bei der Mitternachtswache. Ich schlich in die Schatten, versteckte mich hinter Bäumen. Rosalind gab sich keine Mühe, unbemerkt zu bleiben, dennoch schaute kein Krieger auf oder nahm sie wahr. Und so gelang uns die Flucht vom Berg.

Wir marschierten die ganze Nacht, und ich wartete ständig darauf, dass Rosalind mich hörte und sich umdrehte. Stille beherrschte die Umgebung. Keine Berserkerpatrouillen, keine heulenden Wölfe, nicht einmal eine rufende Eule. Je weiter wir uns vom Berg entfernten, desto banger wurde mir. Jeden Augenblick könnten wir auf eine Schar von Draugr *stoßen und gefangen genommen werden. Aber wann immer ich versuchte, Rosalind einzuholen, um sie zu warnen, gelang es mir nicht.*

Stundenlang ging es so weiter, wie in einem Traum. Der Nebel zwischen uns wurde zunehmend dichter. Ich wusste, wenn ich sie nicht gleich einholte, würde ich es nie mehr schaffen. Also rannte ich los. Und letztlich schloss ich zu ihr auf.

»Rosalind?« Ihre Augen waren glasig und leer wie ein tiefer Teich. Schlafwandelte sie? Ich schüttelte sie, aber sie wachte nicht auf. Ihr Blick verharrte auf einem Punkt in weiter Ferne, während sie weitermarschierte.

Nichts, was ich sagte oder tat, brachte sie zum Stehen. Sie schien beinah zu schlafen – bis zum ersten Tageslicht. Als die Morgendämmerung ihr Gesicht erfasste, erwachte sie. »Ampfer«, begrüßte sie mich. »Du bist hier. Wir müssen den Mondstein finden.«

»Welchen Mondstein?«

»Ich hatte einen Traum von einem Stein mit großer Macht.

Der Totenkönig hat ihn vor langer Zeit gesucht. Er ist durch die Magie der Holzmouwas entstanden, der Frauen, die er sich zu Eheweibern nahm. In seinen Händen könnte er seine Macht verstärken, bis er unaufhaltsam wäre. Aber wir können ihn aufhalten, wenn wir den Stein finden. In den richtigen Händen kann er ihn für tausend Jahre binden.«

»Und du weißt, wo er zu finden ist?«

»Hier entlang«, sagte sie und eilte weiter. Obwohl mir das nicht gefiel, folgte ich ihr. Rosalind war bei mir gewesen, als uns der Totenkönig damals erwischt hatte. Er hatte zu ihr gesprochen. Vielleicht wusste sie deshalb vom Mondstein.

Dass sie mit ihm unter einer Decke steckte, bemerkte ich erst zu spät.

Wir gingen einen weiteren Tag lang, vielleicht eine Nacht und einen Tag. Der Nebel umgab uns, die Zeit verschwamm. Ich fand es seltsam, dass weit und breit jede Spur von Draugr fehlte. Aber vielleicht hatte Rosalind recht – sie hatte einen Traum gehabt, eine Vision, und ihre Reise könnte von der Göttin gesegnet sein.

Mittlerweile weiß ich, dass der Totenkönig sie mit dem Nebel führte und seine Streitkräfte fernhielt.

Wir gelangten zu einem Bach. Wir folgten seinem Verlauf, bis ich das Tosen eines Wasserfalls hörte.

»Komm. Der Mondstein ist hier«, sagte Rosalind. Wir gingen am moosigen Ufer eines Tümpels entlang, wirbelten klumpiges Laub auf. Ich trat gegen einen Stein. Er geriet ins Rollen und durchbrach ein Geflecht aus Blättern und Ästen eines umgestürzten Baums. Und plötzlich sah ich es, ein gedämpftes, milchiges Licht am Grund einer großen Grube.

»Sieh nur.« Ich ließ mich auf den Bauch nieder und spähte in die Grube. Sie schien tief genug für drei Männer übereinander zu sein. Der Mondstein leuchtete am Grund. Er war ungefähr so groß wie meine Hand, und das Leuchten lockte den Blick unwillkürlich an ...

»*Du musst hinunterklettern*«, *sagte Rosalind.* »*Und ihn holen.*«

»*Warum ich?*«

Sie deutete auf die Hose, die ich immer trug.

Seufzend holte ich einen langen Ast und versuchte, damit nach dem Stein zu fischen. Aber natürlich war die Grube viel zu tief. Rosalind hatte recht. Ich konnte hinunterklettern. Ich wollte bloß nicht. Denn ich konnte weder die Dunkelheit ertragen noch das Gefühl, eingeschlossen zu sein.

Aber das Licht lockte mich. Ich krempelte die Hose hoch, ergriff den Ast und benutzte ihn als Stütze beim Abstieg. Der Mondstein pulsierte heller, je näher ich ihm kam. Einen Moment lang vermeinte ich, einen flüsternden Chor von Frauenstimmen im Ohr zu hören ...

»*Reich ihn herauf*«, *befahl Rosalind. Ich zögerte, ihn herzugeben. Aber ohne den Stein in der Hand wäre das Klettern einfacher. Er war schwerer, als ich ihn mir vorgestellt hatte, in Silber gefasst. Die Reste einer Kette baumelten daran. Ich hängte die Kette an einen langen Ast und hob den Stein hinauf zu Rosalind. Kaum hatte sie ihn gepackt, wich sie von der Grube zurück.*

»*Hilf mir rauf*«, *rief ich.* »*Rosalind?*«

Aber sie war weg. Die Wände der Grube drohten, mich zu erdrücken. Es glich der Folter von damals im Kloster, wo ich in einem dunklen Raum gefangen war. Meine Handfläche kribbelte, wo der Mondstein sie berührt hatte. Indem ich die Augen schloss, fand ich neue Kraft, um hinaufzusteigen.

Als ich oben ankam, hatte sich der Nebel so verdichtet, dass ich den Wasserfall nicht mehr sehen konnte.

»*Rosalind?*«, *rief ich. Ihre Schritte führten von der Grube weg. Durch meinen Unterricht im Fährtensuchen verriet mir der Zustand der Blätter, dass sie es eilig gehabt hatte.*

Ich kämpfte mir den Weg durch den Nebel, der sich dicht wie Wasser anfühlte. Es überraschte mich nicht, als ich auf Rosalind stieß und sie zu einer großen Gestalt in einer Robe hinaufblickte. So hatte ich sie schon einmal gesehen, als wir das erste Mal vom Totenkönig gefangen genommen wurden.

Nur diesmal hielt sie den Mondstein. In seinen Händen könnte er seine Macht verstärken, bis er unaufhaltsam wäre.

Bevor ich nachdenken konnte, hatte ich meine Schleuder in der Hand. Ich hatte nur einen Versuch. Danach würde der Totenkönig wissen, dass ich da war. Ich lud die Schleuder und zielte auf Rosalind.

Kaum hatte der Stein ihre Schläfe getroffen, fiel sie. Der Mondstein landete auf dem Boden. Ich preschte vorwärts. Ein Licht wie ein Baalsfeuer blitzte auf, und die große Erscheinung verschwand.

Bevor ich den Mondstein erreichen konnte, stürzte ein Rabe herab, schnappte ihn sich und flog auf einen Ast. Auch der Rabe verschwand.

Der Nebel wirbelte davon, und plötzlich umzingelten mich Berserker. Rosalind lag mit Blut am Kopf da. Ich hatte die Schleuder in der Hand. Die Krieger wussten, was geschehen war. Sie stürzten sich auf mich und fesselten mich. Mir wurde mitgeteilt, dass man mich hinrichten würde. Ich sagte ihnen, dass ich ihr nicht wehtun wollte, aber sie glaubten mir nicht. Ich war schuldig. Schuldig ...

»Ampfer.« Eine Hand ergriff mein Kinn. Ich erschrak über die unverhoffte Wärme. Thorsteinn blickte auf mich herab. Aus seiner nüchternen Miene sprach Entschlossenheit. »Bist du bei uns?«

»Ja«, antwortete ich. Und obwohl mir die Erinnerung Übelkeit verursachte, fühlte ich mich leichter.

»Braves Mädchen«, murmelte er und zog mich in eine

Umarmung. Er schlang die Arme um mich und legte mir ein Fell um die Schultern. »Das hast du gut gemacht.«

Ich zitterte, und Vik kam mit der Fackel näher. Das Licht tänzelte um uns herum und erhellte den breiten Durchgang. Im Vergleich zu anderen Höhlen erwies sich diese als geräumig und trocken. Jemand entfernte offenbar regelmäßig die Spinnweben.

»Also habt ihr es gesehen?«, fragte ich. »Alles?«

»Das haben wir.«

»Ihr ... ihr seid nicht wütend auf mich?«

Thorsteinn zog sich zurück. »Weshalb?

»Wegen allem. Weil ich den Berg verlassen habe. Weil ich Rosalind verletzt habe. Aber ich musste sie aufhalten. Sie wollte den Mondstein hergeben, und dann wäre alles verloren gewesen. Entweder wurde sie benutzt, oder sie hat sich freiwillig auf die Seite des Feinds geschlagen, als wir zum ersten Mal gefangen genommen wurden.«

»Das wissen wir.« Er rieb das stoppelige Kinn an meiner Wange. »Du hast nichts falsch gemacht. Jetzt wissen wir es.«

»Wir hätten dir von Anfang an vertrauen sollen«, murmelte Vik. »Ampfer, wir haben dich enttäuscht.«

»Wir müssen den Alphas alles erzählen. Wenn der Totenkönig den Mondstein hat ...«

»Was ist mit Rosalind?«, warf ich ein. »Wird sie Schwierigkeiten bekommen?«

»Wenn sie uns tatsächlich verraten hat, müssen wir gewappnet sein. Sie könnte noch mehr Lügen erzählen und den ganzen Berg ins Verderben stürzen«, erklärte Thorsteinn.

Kraftlos sackte ich an ihn. »Ich will sie nicht als Verräterin anprangern. Denn ich weiß, wie der Totenkönig den Verstand überlisten kann.«

»Die Alphas wissen das auch. Sie werden es berücksichtigen, wenn sie von ihren Verbrechen erfahren.«

»Was ist dieser Mondstein? Und kann er wirklich, was Rosalind behauptet?« Vik strich sich über den Bart.

»Ich habe Geschichten gehört, dass die Hexe vor langer Zeit einen Stein benutzt hat, um den König zu binden«, sagte Thorsteinn. »Aber bisher hat man ihn nicht gefunden. Wenn es derselbe Stein ist, den Rosalind gesucht hat, dann haben wir vielleicht einen Weg, den Feind zu besiegen.«

»Sagen wir es den Alphas«, schlug Vik vor und bedeutete Thorsteinn und mir, durch den Tunnel vorauszugehen.

Ich hielt den Atem an, als wir durch die flackernden Schatten marschierten. Aber auch nach vielen Schritten strich die Luft weiterhin kühl und süß über mein Gesicht. Sie würde uns nicht ausgehen. Ich entspannte mich.

Schließlich gelangten wir zu einer schwach erhellten Kammer, ausgestattet mit einem Teppich und mehreren Stühlen. Kohlenbecken säumten den Raum. Ihr Feuer spendete sowohl Wärme als auch Licht.

»Wer hat diesen Ort erschaffen?«, fragte ich.

»Diesen hier? Das ist nur einer der Vorräume der Alphas.« Thorsteinn zuckte mit den Schultern. »Der oberste Alpha, Samuel, richtet sie nach den Geschichten ein, die er liest.«

Darüber blinzelte ich. Vik senkte die Fackel und stupste Thorsteinn. »Sie meint die Tunnel. Wer den Berg ausgehöhlt hat.«

»Oh.« Thorsteinn runzelte die Stirn und sah sich in der Kammer um. »Wahrscheinlich Zwerge. Vor langer Zeit.«

Ich hatte nicht gewusst, dass es solche Geschöpfe wirklich gegeben hatte. Doch bevor ich weitere Fragen stellen konnte, betrat ein Krieger den Raum.

»Thorsteinn, Vik«, begrüßte er meine Gefährten. Beide

neigten respektvoll den Kopf, was bestätigte, dass es sich bei dem großen Neuankömmling um einen Alpha handelte. Ich spähte um Vik herum und versuchte, ihn einzuordnen. Ich erkannte ihn von meiner Verhandlung an den stehenden Steinen, bevor Thorsteinn das Gewicht verlagerte und mir die Sicht versperrte. Er und Vik bildeten eine Mauer zwischen mir und dem Alpha. Ihre Haltung blieb respektvoll, verdeutlichte aber: Sollte jemand versuchen, mich zu ergreifen, würden sie kämpfen.

»Wie geht es?«, erkundigte sich der Alpha.

»Gut. Ampfer ist gehorsam. Die perfekte Gefährtin«, sagte Thorsteinn mit solcher Überzeugung, dass ich ihm beinah glaubte.

Ich verbarg das Gesicht hinter seinem breiten Rücken, bevor ich die Wahrheit verraten konnte. Vik griff nach hinten, um mir eine Hand auf die Schulter zu legen, sie zu drücken und mich zum Schweigen zu bringen.

»Ihr habt keinen Grund, sie zu bestrafen?« In der ernsten Stimme des Alphas schwang ein unterschwelliger Funke von etwas mit, als er uns drei musterte. Vielleicht Belustigung darüber, wie Thorsteinn und Vik mich beschützten.

»Brauchen wir denn einen Grund, um unsere Gefährtin zu züchtigen?«, fragte Vik. In seinem Ton lag eine Prise desselben Humors wie in der des Alphas. »Ampfer ist vernünftig genug, sich zu unterwerfen, wenn sie überwältigt ist. Und der Kampf dabei, ihr unseren Willen aufzuzwingen, ist ein reines Vergnügen.«

Unwillkürlich wurde ich rot.

Der Alpha räusperte sich. »Ich verstehe.« Er fuhr sich mit der Hand über den blonden Bart, eine Geste, die ich bei Vik oft bemerkte, wenn er ein Lächeln verbergen wollte. »Also hat sich die Bindung gebildet?«

»Wir haben Grund zu der Annahme, ja.«

»Wird sie einen Test überstehen?«, fuhr der Alpha ernst fort.

Thorsteinn zögerte. Plötzlich fühlte sich mein Körper wie im freien Fall an. In jedem einzelnen Augenblick der Stille schien ich aus gewaltiger Höhe in die Tiefe zu stürzen. »Mit der Zeit«, antwortete der grauäugige Krieger schließlich. »Uns wurde ein Mond eingeräumt.«

»Ja, aber die Dinge ändern sich.« Der Alpha gab ein Zeichen. Langsam und widerwillig zog mich Vik hinter Thorsteinn hervor und stellte mich vor ihn. Seine Hände legten sich auf meine Schultern. Ich hob die eigenen Hände und ergriff die seinen.

»Rosalind ist aufgewacht«, wandte sich der Alpha an mich. »Sie ist gestern Nacht zu sich gekommen, hatte aber starke Schmerzen. Die Heilerin hat ihr einen Schlaftrunk gegeben, um die Kopfschmerzen zu lindern, aber wir glauben, dass Rosalind jeden Moment wieder aufwachen und in der Lage sein wird, verständlich zu sprechen.

Ampfer, wir haben dich hergerufen, um dir eine weitere Gelegenheit zu geben, deine Seite der Geschichte zu erzählen. Das Rudel verlangt nach deinem Tod«, erinnerte mich der Alpha, als ich die Lippen zusammenpresste.

»Wir wissen, was passiert ist«, sagte Thorsteinn. »Nichts davon war Ampfers Schuld. Tatsächlich könnte sie uns sogar alle gerettet haben.« Thorsteinn atmete tief durch und wiederholte alles, was ich ihm und Vik gezeigt hatte. Vik nahm mich in die Arme, und ich lehnte mich an seinen Körper.

»Ist das wahr?«, fragte der Alpha, als Thorsteinn zu Ende gesprochen hatte. Ich nickte. Der Alpha runzelte die Stirn. »Es ist in der Tat eine erschreckende Erkenntnis, dass der Totenkönig in der Lage sein könnte, die um den Berg errichteten Schutzzauber zu durchbrechen und unsere *Holzmouwas* zu verhexen ...«

»Ampfer und Rosalind wurden gefangen genommen. Schon früh, bevor sie auf den Berg gekommen sind. Der Zauber könnte dort gesät worden sein. Der Totenkönig könnte auch Ampfer mit einem Bann belegt haben, damit sie nicht über seine Anwesenheit sprechen konnte. Und bei Rosalind könnte er sogar noch weiter gegangen sein.«

»Es sind viele Fragen offen.« Der Alpha zupfte an seinem Bart. »Wo ist dieser Mondstein? Warum könnte der Rabe ihn genommen haben? Wir benachrichtigen die Hexe, die uns ursprünglich vom Mondstein erzählt hat. Sie wird uns mehr sagen können. Wir müssen noch viel in Erfahrung bringen.«

»Wenn Ampfer recht hat und das Rudel von Rosalind verraten wurde, dann hat Ampfer uns alle mit ihrem Handeln gerettet«, merkte Thorsteinn knapp an.

»Ja, ja«, murmelte der Alpha. »Gut gemacht, kleine Kriegerin«, lobte er mich. Zu Thorsteinn und Vik sagte er: »Nehmt eure Gefährtin mit und arbeitet weiter an der Bindung. Aber nehmt euch in Acht. Viele Krieger stören sich daran, dass sie frei herumläuft. Seht zu, dass ihr euch von ihnen fernhaltet und auf eurer Seite des Bergs bleibt.«

Vik

UNSERE KLEINE KRIEGERIN brütete den gesamten Weg zurück zum Baumhaus vor sich hin. Vermutlich fiel ihr nicht einmal auf, dass wir einen anderen Weg einschlugen, um die dichter bewohnten Bereiche des Bergs zu umgehen. Wir blieben nah an der Grenze, viel näher, als sich andere Krieger mit ihren Gefährtinnen hinwagen würden. Aber was wir dem Alpha Ragnvald gesagt hatten, entsprach der Wahrheit: Ampfer war keine gewöhnliche Gefährtin. Sie war innerlich und äußerlich stark, wurde zum Kämpfen geboren.

So, wie wir dazu geboren wurden, sie zu unterwerfen und zu beschützen. Das Hin und Her zwischen uns forderte die Bestie heraus und besänftigte sie. Mit Ampfer würde das Leben nie ruhig verlaufen. Und anders würden wir es nicht haben wollen.

Ich fing an, zu lachen, als es mir klar wurde. Ampfer warf mir einen mürrischen Blick zu.

»Freut mich, dass du glücklich bist«, murmelte sie.

»Du bist hier, wir sind hier, und wir sind alle frei.« Ausladend deutete ich mit dem Arm über den verwaisten Pfad. »Der Tag ist schön. Warum sollte ich es nicht sein?«

»Weil meine Freundin eine schwere Kopfverletzung hat – von mir«, zischte sie. »Weil mich das Rudel tot sehen will. Weil ich verflucht wurde ...« Sie brummelte zornig weiter, obwohl ich ihre Lippen mit meinen bremste. Ich küsste sie, bis sie die Zähne so wild in meine Unterlippe schlug, dass ich blutete. Da lachte ich erneut und sprang zurück.

»Ich kann nicht glauben ... oh ...« Knurrend kam sie angerannt, duckte sich im letzten Augenblick, um mich so am Körper so treffen, wie ich es ihr beigebracht hatte. Ich wirbelte herum und fing sie ab – immerhin hatte ich ihr das Manöver beigebracht. Ich warf mir Ampfer über die Schulter.

»Wettrennen«, sagte ich zu Thorsteinn, der immer noch grimmig dreinschaute. »Und du« – ich klatschte Ampfer auf den Hintern – »bist still. Wir wollen ja keine Aufmerksamkeit erregen, oder?«

Sie zappelte und kämpfte den ganzen Weg zurück zum Baumhaus, hielt nur still, damit ich hinaufklettern konnte. Dabei wurde sie so ruhig, dass ich wusste, sie plante etwas.

Und tatsächlich, kaum berührten meine Füße die robusten Bodenbretter, krümmte sie sich und huschte davon, flink wie ein Fisch. Sie schnappte sich mein Messer und griff mich an, bereit, auf mich einzustechen. »Meine kleine Wölfin, bewaffnet mit einem scharfen Zahn. Du willst mich bluten sehen? Gib dir Mühe.«

Ich stellte mich ihr, und sie griff mich an, wieder und wieder. Ich passte mich ihren Bewegungen an, blockte Hiebe ab und täuschte sie mit Finten.

Am Ende atmete sie schwer.

»Fertig?«, fragte ich.

Sie nickte.

Ich wischte mir das Blut vom Arm, wo sie mich durch eine Unachtsamkeit meinerseits geschnitten hatte. Das freudige Leuchten über den Sieg in ihren Augen war es wert. Ich zog mein Wams aus und wurde mit einem Schwall von Erregungsduft belohnt. »Bereit, es zu treiben?«

Sie heftete den Blick auf meinen nackten Oberkörper und nickte.

»Endlich«, murmelte Thorsteinn und betrat die Hütte.

»Unsere Gefährtin ist bereit, aber nicht unterworfen«, sagte ich zu ihm. »Ich denke, es ist an der Zeit, ihr zu zeigen, was wir mit Gefährtinnen machen, die sich nicht unterwerfen wollen.«

Thorsteinn schlang den Arm um Ampfer und zog sie mit dem Rücken voraus zu sich.

»Ich habe etwas für dich gebaut«, sagte ich ihr und löste

ein Seil, um einen stabilen Rahmen aus miteinander verzurrten Ästen herunterzulassen.

Ihre Miene wurde ausdruckslos. »Ein Käfig? Du hast einen Käfig für mich gemacht?«

»Dieser wird dir gefallen«, versprach Thorsteinn. Dennoch wurde es ein Kampf, sie hineinzubekommen. Zu zweit gelang es uns, sie zu entblößen und darin einzusperren. Auf allen vieren konnte sich immer noch drehen und bewegen.

»So wird das nicht gehen«, murmelte ich. Also fingen wir ihre Handgelenke ab und fesselten sie an die unteren Gitterstäbe, während sie spuckte und versuchte, uns zu beißen. Als wir ihren Oberkörper gesichert hatten, fesselte ich ihre Beine zu beiden Enden des Käfigs gespreizt, wodurch man ihre Öffnungen wunderbar sehen konnte.

»So geht es«, sagte ich.

Thorsteinn grunzte.

»Lasst mich raus.« Ampfer zerrte an ihren Fesseln.

»Nein. Nicht, bevor du uns erfreut hast.« Meine Hose wurde unangenehm eng, also öffnete ich sie.

»Wenn du mir damit zu nah kommst, beiße ich ihn dir ab«, drohte Ampfer knurrend.

»Dann wirst du eine lange Zeit da drin verbringen.« Thorsteinn klopfte an den Käfigrahmen.

Sie fletschte die Zähne.

Ich wandte mich ab. »Was meinst du, Thorsteinn, sollen wir ein Feuer anzünden? Oder auf die Jagd gehen? Bestimmt finden wir noch ein Wildschwein, das wir ...«

»Na schön«, brummelte Ampfer. »Gut.«

Ich hatte die Stäbe breit genug angeordnet, dass wir mit den Händen hindurchfassen konnten. Das taten wir, um ihren Rücken und ihre Beine zu streicheln.

Ich grinste sie an. »Ich habe dir ja gesagt, dieser Käfig würde dir gefallen.«

»Tja, tut er nicht. Überhaupt nicht.«

»Weil du noch nicht weißt, wie du ihn genießen kannst.«

Sie bedachte mich mit einem vernichtenden Blick.

»Schließ die Augen.« Ich wartete, bis sie es tat, danach belohnte ich sie, indem ich ihr mit der Hand über den Rücken strich. Thorsteinn kam auf der anderen Seite zu mir. Zusammen massierten wir die Verspannungen aus dem Nacken und den Schultern unserer Gefährtin, kneteten ihre Beine, tätschelten ihren Hintern und ihre Hüften.

»Na also«, murmelte er und hockte sich hin, um ihre unteren Lippen in Augenschein zu nehmen. »Ich wusste doch, dass es dir gefallen würde.«

Tatsächlich glänzte die Haut zwischen ihren Schenkeln feucht vor Erregung. Die Lücken zwischen den Stäben waren groß genug, dass Thorsteinn mühelos hineinfassen und ihre prallen Lippen reizen konnten. Ampfer keuchte und versuchte zunächst, sich uns zu entziehen. Aber Thorsteinn drückte das Gesicht geschickt so gegen die Gitterstäbe, dass er die empfindliche Stelle ihrer Mitte lecken konnte.

Ich griff hinein und knetete ihre kleinen Brüste, zog an den Nippeln und genoss, wie sich ihr Rücken wölbte, meiner Berührung entgegen.

Nach einer langen Weile wurde ihre Atmung abgehackter. Ihr Kopf fiel zurück. Ich ging zur anderen Seite herum, hob ihr Gesicht an den Haaren an und begegnete ihren Lippen.

»Ich will nicht ...«, begann sie, und ich küsste den Widerspruch weg.

»Ruhig. Du kannst dich nicht bewegen, schon vergessen? Du kannst erst heraus, wenn wir es dir erlauben. Du kannst einfach nur ... sein.«

»Was sein?«, fragte sie beinah lallend. Trunken von Empfindungen.

»Unsere kleine Kriegerin«, flüsterte ich. Dann führte ich ihr meine Finger zu. Sie nahm sie in den Mund und saugte daran. Meine Männlichkeit pochte, schwoll an und drohte, meine Hose platzen zu lassen. Ich öffnete sie, und meine triefende Härte wippte gegen meinen Bauch.

Thorsteinn leckte Ampfer weiter, nutzte ihren hilflosen Zustand aus. Er packte ihren Hintern, knetete ihn abwechselnd und versohlte ihn. Sie wölbte den Rücken durch, presste den Po gegen den Käfig und wimmerte. Er tauchte die Finger in sie. Ampfer versteifte den Körper und bebte. Ihr Mund erschlaffte. Meine Finger drückten ihr Stöhnen zurück. Ihre Zunge schlängelte sich um meine raue Haut und leckte daran, während ich es ihrem Mund mit der Hand besorgte.

»So ist es gut«, brummte ich. Ein leichter Schauder ging durch ihren Körper. Der Käfig knarrte, als sie sich an Thorsteinns Fingern wiegte. Sie nutzte dafür jeden Spielraum, den ihr die engen Fesseln ließen. Als ich mit der freien Hand hineinfasste und an ihren harten Brustwarzen zupfte, stöhnte sie wieder. Ihr Höhepunkt fegte durch sie hindurch. Der Käfig erzitterte.

Da hielt ich es nicht länger aus. Ich trat zurück, um das Seil zu ergreifen und es vom Haken abzurollen, senkte den Käfig zwischen Thorsteinn und mich. Ampfer drehte den Kopf, schaute zu mir auf. Ihr Gesicht befand sich genau in der richtigen Höhe, um mich zu lutschen.

»Zart. Ohne Zähne. Beiß uns, und du bleibst da drin«. Ich klopfte an den Käfig. »Verstanden?«

Ihre Antwort erklang undeutlich, weil sie den Mund voll

hatte. Ich zischte, als sie mich tief aufnahm. Ihre Zunge leckte meine von Adern durchzogene Härte entlang und fand jede empfindsame Stelle. Meine Hoden wurden schwer, als füllte sie aller Samen der Welt, der sich in Ampfers perfekten Mund ergießen wollte. Ich packte ihr Haar, bewegte ihren Kopf bald hierhin, bald dahin, brachte ihr genau bei, wie sie mich erfreuen sollte.

Mir gegenüber ließ Thorsteinn die Hose runter. Ampfer brummte mit mir im Mund, als er in sie eindrang. Der Käfig schwankte zwischen uns. Mit jedem seiner Stöße nahm sie mich tiefer auf. Ich stützte den Käfig mit beiden Händen und schob Ampfer zurück. So gerieten wir in einen Rhythmus, bewegten sie zwischen uns hin und her. Ihre Hände verkrampften sich an den Gitterstäben, ihre Nippel ragten steinhart empor, ihre Lider flatterten, während wir sie ausfüllten. Und das Beste: Sie konnte sich weder bewegen, noch konnte sie sprechen. Wir hatten ihr alle Möglichkeiten genommen. Ihr blieb nichts anderes übrig, als sich zu ihrem Vergnügen und unserem von uns benutzen zu lassen.

Thorsteinn musste zwischen ihre Beine gefasst und sie gerieben haben, denn sie erzitterte unter einem weiteren Höhepunkt und keuchte um meine Härte. Ich stieß noch einmal tief in ihre Kehle und spritzte ihr meinen Samen in den Rachen. Sie würgte ein wenig, und Tränen liefen ihr aus den Augen, aber sie nahm alles auf, was ich ihr gab. Ich legte die Hände an ihr Gesicht, als ich mich zurückzog, und wischte ihr die Tränen von den Wangen.

»Gut gemacht, Kleines«, lobte ich sie und küsste sie. Ampfer lächelte an meinen Lippen.

»Du bist mutiger als ich«, murmelte Thorsteinn. Ich trat zurück und ließ ihn zum Abschluss kommen. Ampfer schrie auf, als er in sie stieß, während er die Gitterstäbe des Käfigs fest umklammerte. Das Klatschen von Haut auf nasser Haut hallte durch die Hütte. Ampfer krümmte sich und erschauderte, als mehrere Höhepunkte über sie hinwegspülten. Dann kam Thorsteinn mit einem Aufschrei.

Ich wartete nur kurz, bevor ich Ampfers Fesseln löste. Mit einem zufriedenen Seufzen plumpste sie nach unten.

»Siehst du?«, meinte ich selbstgefällig zu ihr. »Ich habe dir ja gesagt, dass dir der Käfig gefallen würde.«

7

Ampfer

A mpfer.« Vik schüttelte mich wach. »Ampfer, wach
auf.«
»Was ist?« Die verkniffenen Gesichter der
Krieger schwebten über mir.

»Die Alphas haben uns gerufen. Wir müssen hin, aber
du bleibst hier.«

Ich rieb mir das Gesicht. Mein Körper fühlte sich wund,
aber befriedigt von unserem ausgelassenen Treiben mit
dem Käfig an. Aber es herrschte noch Nacht. Nur wenige
Vögel sangen in der Dunkelheit.

Draußen rief jemand nach Thorsteinn. Ich schrak auf
den Fellen zurück.

»Was passiert hier? Wer ist das?«

»Die Alphas haben das Rudel dazu aufgerufen, sich an
den stehenden Steinen zu versammeln. Wir gehen hin, um
deine Geschichte zu erzählen, aber wir lassen einen

Wächter bei dir.«

»Warum kann ich nicht mitkommen?«

»Zu gefährlich. Einige Krieger sind wutentbrannt über die Ereignisse. Die Alphas wollen keine Ablenkung, wenn sie mit dem Rudel sprechen.«

Und ich wäre eine Ablenkung. Ich schluckte. »Ich will nicht, dass ihr mich verlasst.«

»Wir gehen nicht lange weg. Nur kurz. Wir kommen bald zu dir zurück, Ampfer, das schwören wir dir.« Ich ließ mich von Vik an ihn drücken und schloss die Augen, als er mein Haar küsste.

»Zieh die Strickleiter hoch, wenn wir weg sind«, befahl Thorsteinn, bevor sie gingen.

Ich beobachtete, wie sie hinunterstiegen und den Krieger begrüßten, der mich bewachen sollte. Knut, wie ich mich erinnerte. Hasels Gefährte.

»Ampfer.« Thorsteinn zog an der Strickleiter und wartete, bis ich sie wieder hochzog, bevor er den Weg zu den stehenden Steinen antrat. Knut nahm seinen Platz neben dem Baum ein, halb in den Schatten.

Ich setzte mich zum heruntergebrannten Feuer und versuchte, mich aufs Schärfen meiner Pfeilspitzen zu konzentrieren, fand allerdings keine Ruhe. Was, wenn die Alphas Thorsteinn und Vik nicht glaubten? Würde sich das Rudel gegen sie wenden? Mir schien, dass sie mich als Einzige verteidigten. Ich breitete meine Waffen aus und zählte sie, dann packte ich sie alle zusammen und ging auf und ab. Vik und Thorsteinn setzten alles für mich aufs Spiel. Es war meine Schuld, dass die Bindung so lange dauerte. Warum war ich so dumm?

In der Ferne brach Geheul aus. Ein einsamer Wolf, dessen Stimme an- und abschwoll, bis ein anderer mit einstimmte. Und noch einer. Und ein weiterer – eine ganze

Horde von Wölfen sang in schauriger Harmonie. Ich rieb mir die Arme und lief weiter auf und ab.

Knut hatte sich nicht von seinem Platz am Fuß des Baums wegbewegt. Er schaute nicht auf, sondern behielt den Pfad im Auge. In der Ferne tänzelte eine Vielzahl von Lichtern. Leises Stimmengewirr mischte sich zum Geheul der Wölfe. Krieger kamen.

»Schnappt sie euch«, riefen sie. »Ergreift die Mörderin.«

Ich trat vom Eingang der Hütte zurück und goss Wasser auf das Feuer. Meine Hände zitterten nicht mehr. Es war, als hätte ich damit gerechnet, dass eine wütende Meute kommen würde, um mich zu holen. Sie würden Knut über-wältigen und mich mitnehmen.

Ich zurrte mein Bündel zusammen, nahm die aufge-rollte Strickleiter und schlich mich aus einem Fenster auf der gegenüberliegenden Seite. Vorsichtig rutschte ich auf einen Ast hinaus. Vik und Thorsteinn hatten mir das Klet-tern nicht beigebracht, trotzdem hatte ich reichlich Übung darin, weil ich mich im Kloster oft vor den Nonnen versteckt hatte.

Mit eingezogenem Kopf kroch ich, so weit es der Ast zuließ.

Der Chor der wütenden Stimmen wurde lauter. Am Fuß des Baums flammten Fackeln auf. Ein Schrei hallte den Neuankömmlingen entgegen – Knut, der ihnen befahl, aufzuhören. Aber er würde die Meute nicht aufhalten können.

Vorsichtig band ich die Strickleiter an dem Ast fest und ließ sie fallen. Kurz hielt ich inne und wartete, ob ein Aufschrei ertönte und man mich bemerkt hatte. Aber ich hörte nur, wie Knut mit den Kriegern sprach und ihnen Vernunft einzureden versuchte. Dann: ein Klirren von Metall auf Metall. Waffen waren gezogen worden.

Ich schwang mich vom Ast und kletterte die Leiter hinunter. Auf halbem Weg ertönte ein Schrei.

»Da – hinter dem Baum! Sie flieht!«

Den Rest des Wegs sprang ich. Der Boden erschütterte meine Beine, aber nach ein paar taumelnden Schritten zur Seite fand ich das Gleichgewicht wieder und konnte laufen.

Von da an war es wie ein Spiel. Die Krieger stürmten hinter mir her, ich rannte ins Unterholz, ließ mich auf den Bauch fallen und kroch unter Dornensträuchern hindurch. Fluchend versuchten die Krieger, mir zu folgen.

Ein Wolf erwischte mich beinah, als ich hervorkam. Ich schwang mich auf einen anderen Baum und raste weiter, sprang von Ast zu Ast.

Ich beging den Fehler, einmal zurückzuschauen. Ein Feuer züngelte in den Himmel. Ein Schluchzen stieg mir in den Hals, als ich erkannte, worum es sich handelte – Yggdrasil brannte. Sie hatten mein Zuhause angezündet.

Ich zwang die schweren Beine, in Bewegung zu bleiben, zog den Kopf ein, rollte einen steilen Hügel hinunter und hastete in Richtung der Grenze des Bergs.

Thorsteinn

ICH STAND mit vor der Brust verschränkten Armen vor den Alphas. Neben mir fingerte Vik an seiner Axt.

»Der Rabe ist ein Bote Odins«, sagte einer der Alphas zu den anderen. »Wir können nur hoffen, dass der Totenkönig sie nicht für seine bösen Zwecke benutzt.«

»Haben wir etwas von den Hexen gehört?«

»Nein. Und Rosalind ist wach, erinnert sich aber an nichts.« Die Alphas murmelten weiter, während wir warteten.

Schließlich räusperte ich mich.

»Geduld, Krieger.« Samuel warf einen verständnisvollen Blick in meine Richtung. »Wir warten darauf, dass sich das Rudel versammelt.«

»Bei allem Respekt.« Ich neigte das Haupt. »Wir haben unsere Gefährtin allein gelassen und ihr versprochen, bald zurückzukehren.«

»Also habt ihr euch mit ihr gepaart?«, fragte Daegan.

»Die Bindung ist noch neu, aber wir glauben, dass sie stark ist«, berichtete Vik. »Selbst, wenn sie einen Test nicht besteht, erheben wir Anspruch auf Ampfer als Gefährtin. Wer ihren Tod wünscht, bekommt die Klinge meiner Axt zu spüren.«

»Gut gesprochen.« Maddox klopfte auf die Armlehne seines Sitzes. Ragnvald legte die Finger aneinander und schaute nachdenklich drein. Samuel öffnete den Mund. Aber bevor er etwas sagen konnte, ließ uns ein Ruf herumwirbeln.

»Thorsteinn! Vik!«

»Knut?« Ich rannte über die Lichtung zu ihm, die Waffe in der Hand.

»Feuer in eurer Hütte!«, berichtete er.

»Ampfer?«

»Geflohen.«

»Was? Was hat das zu bedeuten?«, brüllte Samuel.

»Eine wütende Meute wollte sie holen«, schilderte Knut. »Ich konnte sie nicht aufhalten.«

Samuel schlug auf die Armlehne seines großen Throns. »Ich habe den Befehl erteilt ...«

»Sie haben nicht gehorcht«, fiel Knut ihm barsch ins Wort.

»Ampfer«, flüsterte ich. Vik und ich umklammerten unsere Waffen und preschten von der Lichtung weg. Wir mussten unsere Gefährtin finden.

Ampfer

ICH ERREICHTE die Grenze beim ersten Licht der Morgendämmerung. Obwohl weit und breit keine *Draugr* in Sicht waren, hielt ich einen Runenstein bereit und war froh, dass ich daran gedacht hatte, welche einzupacken.

Am Fuß des Hügels zögerte ich und wog meine Möglichkeiten ab. Ich konnte eine Zeit lang rennen, mich verstecken und hoffen, dass Thorsteinn und Vik mich finden würden. Spuren durfte ich keine für sie hinterlassen, sonst bestünde die Gefahr, dass die anderen Krieger mich erwischten.

Oder ich konnte wegrennen, ohne anzuhalten, tief hinein in feindliches Gebiet. Ich besaß die nötigen Fähigkeiten, um zu überleben. Ich könnte für immer in der Wildnis bleiben. Wie ich es geplant hatte, bevor ich von den Berserkern entführt worden war. Ich könnte frei sein.

Nur bedeutete mir Freiheit ohne Thorsteinn und Vik nichts mehr. Ich hatte nicht vorgehabt, sie an mich heranzulassen. Aber sie hatten meine Mauern eingerissen und waren durch meine Tür gestürmt.

Ich holte einen Pfeil heraus, legte ihn im Bogen an und schoss ihn so in einen Baum, dass er die Richtung anzeigte, in die ich gehen würde. Meine Krieger waren erfahrene

Fährtensucher. Sie würden das Zeichen verstehen. Sie würden mich finden.

Iᴄʜ ʜᴀᴛᴛᴇ die Grenze fast erreicht, als eine Gruppe von Kriegern hinter einer Ansammlung von Birken hervortrat.

»Haben wir dich«, sagte Ragnar und packte mich am Wams.

Ich setzte mich zur Wehr, aber man nahm mir Pfeil und Bogen ebenso ab wie mein Messer, bevor man mir einen Sack über den Kopf stülpte.

Vik

Wɪʀ ᴇʀʀᴇɪᴄʜᴛᴇɴ ᴅɪᴇ Hᴜ̈ᴛᴛᴇ, als gerade die letzten Bretter Feuer fingen. Asche und brennendes Holz regneten herab. Ein paar Krieger standen um den Baum herum und jubelten. Thorsteinn stieß sie beiseite und achtete nicht auf ihre gebrüllten Beleidigungen. Wir mussten Ampfer finden.

»Hier lang.« Ich rannte zu den Überresten der Leiter. Jemand hatte Pech darauf geschmiert, damit sie brennen würde. Die verkohlten Enden qualmten hoch über unseren Köpfen. »Sie hat sich hier zu Boden gelassen.« Ich zeigte auf die Fußabdrücke. »Dann ist sie in die Richtung gerannt, in die Büsche.«

»Sie trägt ein Bündel«, murmelte Thorsteinn.

»Sie hat gewusst, dass die Hütte angegriffen werden würde. Also ist sie weg, bevor es passiert ist«, sagte ich scharf. »Sie hat uns nicht verlassen.« Grob schob ich mich an ihm vorbei und hoffte, dass es stimmte.

»Wir müssen sie finden.« Zusammen rannten wir den Hügel hinunter und ließen unser brennendes Zuhause hinter uns zurück.

Ampfer

FINSTERNIS BEHERRSCHTE MEINE WELT. Der Sack verhüllte mein Gesicht und meinen Körper. Die rauen Fäden rieben an meinem Gesicht. Der Geruch von Erde umgab mich. Ich schluckte meine Übelkeit hinunter, denn der Krieger trug mich wie einen Sack Kartoffeln, ohne sich darum zu scheren, wie wild er mich durchschüttelte. Mein Herz hämmerte panisch, und ich biss die Zähne zusammen, um nicht zu schreien. Thorsteinn und Vik würden mich holen kommen. Sie würden mich finden.

»Wir sind da«, brummte jemand, und meine Welt wurde auf den Kopf gestellt. Vorübergehend wie benommen landete ich auf dem Boden. Jemand packte mich am Bein, kippte mich herum, und ich fiel, fiel, fiel.

Ich landete in Dunkelheit. Über mir lehnten sich ein paar Krieger über die Grube, in die sie mich geworfen hatten.

»So. Das wird ihr eine Lehre sein.«

»Nein, bitte!« Ich streckte die Hände dem Himmel entgegen, aber Dunkelheit legte sich über das runde Loch und verdrängte die Sonne.

Alles wurde finster.

~

Thorsteinn

»Da.« Ich zeigte auf die Spur aufgewühlten Laubs, die
Ampfers Weg kennzeichnete. »Sie ist in Richtung der
Grenze gegangen.«

»Natürlich«, sagte Vik. »Sie weiß, wie man da draußen
überlebt. Wir haben es ihr beigebracht.«

Er preschte los, und ich rannte neben ihm her. »Wir
müssen uns mit dem Gedanken beschäftigen, dass sie vielleicht nicht gefunden werden will. Sie hat ihr Bündel mitgenommen. Lebensmittelvorräte ...«

»Nein«, fiel Vik mir ins Wort. »Sie ist nicht vor uns
weggerannt.«

»Vielleicht doch. Frauen gehen immer.«

»Sie ist nicht irgendeine Frau. Sie gehört uns!«, brüllte
er. Seine Haut wurde rissig. Fell spross an seinem Arm. Bald
würde die Bestie aus ihm hervorbrechen.

Da sah ich den Pfeil. Die Federn flatterten hoch über
unseren Köpfen. »Sieh nur!«, rief ich, und Vik grunzte. Wir
drehten uns um und rannten in die Richtung, in die der
Pfeil zeigte.

»Verzeih mir, Ampfer«, murmelte ich unterwegs bei mir.
»Ich hätte nie an dir zweifeln dürfen.«

~

Ampfer

Ein Stöhnen erfüllte die Grube. Ich riss die Hand an die Kehle und stellte fest, dass der Laut von mir selbst ausging. Abrupt verstummte ich. Nichts blieb zurück. Kein Geräusch. Kein Licht. Mein Herzschlag pochte durch meine Ohren.

Etwas raschelte in der Dunkelheit. Schwärze stieg auf, um mich zu verschlingen. Bald würde es keine Ampfer mehr geben. Nichts würde von mir übrigbleiben.

»Lasst mich raus!« Es drang als mattes Krächzen aus mir, obwohl ich in meinem Kopf gellend schrie.

Die Dunkelheit würde mich bei lebendigem Leib auffressen. Aber als ich die Augen schloss, nahm ich durch die Lider ein Aufblitzen von Helligkeit wahr.

Da! Ein Licht um die Öffnung herum. Nur ein schmale Spalt, kaum merklich.

Thorsteinn? Vik? Helft mir!

Vik

Wir rannten als Monster, folgten Ampfer. Ihre Fährte führte in Richtung der Grenze ... und geradewegs hinein in die Spuren einer wartenden Gruppe von Kriegern. Wir folgten ihrer Fährte und verloren sie in einem Gebirgsbach.

»Wo ist sie?«, tobte Thorsteinn.

Ich stieß einen Fluch aus. Der Wald drehte sich um mich herum im Kreis.

Laub spritzte auf, als sich Thorsteinn auf alle viere fallen ließ und die Klauen in die Erde harkte.

Vik, flüsterte Ampfers Stimme.

»Ampfer?« Ich wirbelte herum. »Wo?«

Die Bestie, die Thorsteinn war, schwenkte den großen schwarzen Kopf in meine Richtung.

Hörst du das?, fragte ich über unsere gedankliche Verbindung.

Die Bestie grunzte.

Vik. Thorsteinn. Hilfe!

Ampfer. Wir entsandten beide unseren Geist in ihre Richtung. *Sprich mit uns.*

Helft mir!

Wir rannten beide. Der Wald verschwamm um uns herum.

Was ist passiert? Wo bist du?

Ich ... ich habe die Hütte verlassen. Ich musste. Sie schniefte. Ampfer kauerte irgendwo in der Dunkelheit. Allein, verängstigt. Sie hasste die Dunkelheit.

Das wissen wir, antwortete Thorsteinn. Er klang einigermaßen wie er selbst, obwohl er als fellbedecktes Monster neben mir raste, manchmal auf zwei Beinen, manchmal auf vier.

Ich wollte zur Grenze laufen. Die Krieger haben mich erwischt, und ich kann hier nicht raus.

Bleib bei uns, Ampfer, sagte ich. *Rede weiter. Wir kommen. Weißt du, wohin sie dich gebracht haben?*

Stille.

Dann: geistloses Wehklagen.

Die Dunkelheit ... die Dunkelheit ... die Dunkelheit ...

»Dunkelheit«, dachte ich laut nach. »Sie hasst die Dunkelheit. Aber nur, wenn sie davon eingeschlossen wird, zum Beispiel in einer Grube ...« Ich blieb stehen, als Thorsteinn neben mir brüllte.

»Ich weiß, wo sie ist«, sagte ich zu ihm und kehrte um in Richtung der stehenden Steine.

Ampfer

DUNKELHEIT KRALLTE AN MIR, kroch mir die Kehle hinab. Ich konnte nicht sprechen, konnte nur meine Gedanken entsenden.

Vik. Thorsteinn. Bitte ...

Ampfer? Ampfer!

Ich bin hier. Sie haben mich erwischt ... Ich übermittelte das Bild.

Bleib ruhig, kleine Kriegerin, wir sind unterwegs.

Gebrüll drang an meine Ohren. Jemand machte sich an dem Stein zu schaffen, der meinen Kerker bedeckte. Ich wich für den Fall in die Dunkelheit zurück, dass meine Entführer zurückgekehrt waren, um mich zu foltern.

Ein Körper sprang in die Grube herab.

Ampfer. Die Bestie knurrte. *Vik.* Sein Körper war riesig und wies die Form eines Monsters auf. Graues Fell bedeckte die dicken Arme und den Rumpf. Sein Gesicht hatte sich zur Schnauze eines Wolfs gestreckt. Lange, schimmernde Reißzähne lugten aus seinem Mund. Dennoch empfand ich keine Angst. Ich rannte zu ihm.

Vik!

Ampfer. Ich bin es. Ich bin hier.

Er zog mich an seinen harten Körper und half mir, mich auf seinen Rücken zu schwingen. *Halt dich gut fest,* forderte er mich auf.

Ich klammerte mich an ihn, als er die verheerenden Klauen in die Seiten der Grube bohrte. Seine Füße waren riesige Pfoten. Er hieb sie in die Wand und begann, zu klettern.

∼

Vik

ICH HIEVTE uns gerade noch rechtzeitig aus der Grube, damit wir uns einer aufgebrachten Meute stellen konnten. Thorsteinn rang mit drei Kriegern, wirbelte herum, stieß vor, wehrte ihre Hiebe mit der Axt ab.

Ich scheuchte Ampfer hinter mich und wandte mich brüllend einer anderen Gruppe von Kriegern zu.

»Feiglinge!«, tobte ich. »Ihr habt unsere wehrlose Gefährtin angegriffen!«

»Sie hat versucht, eine *Holzmouwa* zu ermorden.« Der Ruf des Kriegers endete mit einem Gurgeln. Er riss sich einen Pfeil aus dem Hals. Sein Gesicht verzerrte sich, als die Bestie seine Gestalt übernahm.

Mit blutleerem Gesicht richtete sich Ampfer hinter mir auf. Sie nickte mir zu und legte einen weiteren Pfeil in ihrem Bogen an.

»Ihr hättet meine Waffen nicht so nah an der Grube lassen sollen«, sagte sie knurrend und schoss einen weiteren Pfeil ins Gefecht.

Wild lachend watete ich in den Kampf und schwang meine Axt.

∼

Ampfer

Überall wüteten Krieger, die mich verfluchten und nach meinem Blut verlangten.

Thorsteinn und Vik hielten die Linie als massige Monster mit silbernem und schwarzem Fell. Sie hinderten die Meute daran, mich zu erreichen. Aber ich war nicht hilflos. Ich ging hinter einer Felserhebung in Deckung und wählte meine Ziele sorgfältig aus, schoss über die Köpfe der Monster hinweg.

»Genug!«, brüllte ein blonder Krieger. Ich richtete den Bogen nach oben, als er und die drei Alphas in den Kampf eingriffen. Zwei dunkelhaarige Alphas, einer von Tätowierungen übersät, stürmten wild hinein, zerrten Berserker von Thorsteinn und Vik und befahlen der gegnerischen Meute knurrend, zurückzuweichen.

Ein Flattern schwarzer Federn erregte meine Aufmerksamkeit. Über dem Kampf kreiste ein Rabe. In seinen Klauen funkelte ein vertrauter Stein.

»Der Mondstein«, stieß ich atemlos hervor. Ich hatte keine Pfeile mehr. Ich griff in meine Taschen, holte die Runensteine hervor, suchte mir eine freie Stelle aus und warf die Steine dorthin.

Die Explosion erschütterte die Lichtung. Berserker fielen auf die Knie und husteten durch den beißenden Rauch.

In meinen Ohren klingelte es, als Thorsteinn und Vik zu mir krochen.

»Ampfer? Bist du verletzt?«

»Nein.« Ich hustete. »Aber da war ein Rabe – seht nur ...«

Ein Blitz, und eine Frau erschien zwischen uns und den Alphas. Ihr Haar krönte ihr Haupt als silbrig-goldener Zopf.

Sie trug ein schlichtes Gewand, das die Arme und Beine nackt ließ.

»Genug«, befahl sie. Irgendwie übertönte ihre tiefe Stimme die Krieger. Das Gebrüll verstummte.

»Yseult«, begrüßte der Alpha Samuel die Frau und wischte sich Dreck aus den roten Augen.

Vier riesige Krieger in einer Rüstung, wie ich sie noch nie gesehen hatte, setzten sich klirrend in Bewegung, umringten die blonde Hexe und versperrten allen die Sicht auf sie. Was gut war, denn etwas in ihrem Gesicht mutete zu schrecklich an, um es direkt zu betrachten.

»Wie ich sehe, komme ich gerade noch rechtzeitig«, sagte sie und verschränkte die Arme vor der Brust.

»Schafft diese Krieger weg«, befahl Samuel, und die anderen Alphas begannen, die aufsässigen Mitglieder des Rudels von der Lichtung zu führen. »Gehorcht, oder wir werfen euch in die Grube«, brummte ein Alpha.

»Wer hat Baalsfeuer geworfen?«, fragte Samuel.

»Das war ich«, meldete ich mich zu Wort. »Ich habe einen Raben mit dem Mondstein gesehen und wusste nicht, was ich sonst tun sollte.«

»Das hast du gut gemacht«, flüsterte Vik mir zu. Er und Thorsteinn bauten sich wie eine Mauer vor mir auf und beschützten mich so, wie die vier gepanzerten Wächter die Hexe.

»*Ich* habe den Mondstein«, sagte sie und hielt ihn hoch. Er funkelte im morgendlichen Licht und tünchte uns in einen sanften Schein. »Eine meiner Schwestern ist über das Land geflogen und hat ihn gesehen. Sie hat ihn mir gebracht. Ich wusste nichts von den Ereignissen mit diesen *Holzmouwas*, bis ihr mich benachrichtigt habt.«

»Kann sie bezeugen, was passiert ist?«

Die Hexe nickte. »Ihre Sicht war zwar durch die Raben-

gestalt verzerrt, aber mittlerweile kann sie darüber sprechen. Sie hat eine vom Totenkönig verhexte *Holzmouwa*
gesehen, und eine andere, die sich erhoben und die erste
niedergestreckt hat.«

Ich zuckte zusammen, aber die Hexe fuhr fort. »Ohne
Ampfer wäre der Mondstein verloren gewesen. Dank ihr
haben wir, was wir brauchen. Mit dem Mondstein werden
wir den Totenkönig besiegen.«

8

Ampfer

Die Alphas ersuchten uns, in der Höhle zu warten, während sie weiter mit der Hexe beratschlagten. Vik und Thorsteinn weigerten sich, von meiner Seite zu weichen, auch als einer der Alphas meinte, man sollte mich nicht mit zwei Berserkern in Monstergestalt zurücklassen.

»Ampfer fürchtet sie nicht. Warum also sollten wir uns einmischen?« Der ruhige blonde Alpha namens Ragnvald zwinkerte mir zu.

In der Höhle ließ ich über mich ergehen, dass mich meine Kriegern abtasteten und nach Wunden absuchten. »Es geht mir gut. Ihr habt mich herausgeholt, bevor ich verletzt werden konnte.«

»Wir hätten nie weggehen dürfen. Und werden es nie wieder tun.«

Ich schluckte den Kloß im Hals hinunter. »Die Meute hat unser Zuhause niedergebrannt.«

»Wir bauen ein Neues.« Vik ergriff meine Hand. »Ampfer, du hast deinen Geist nach uns entsandt.«

»Das musste ich doch, oder?« Ich errötete. »Es war die einzige Möglichkeit. Ich wollte nicht, dass ihr denkt, ich hätte euch verlassen.«

»Ich habe einen Moment lang gezweifelt«, gestand Thorsteinn. »Aber dann habe ich den Pfeil gesehen und gewusst, dass du vor der Meute geflohen bist, nicht vor uns.«

Ich zerrte ihn an seinem Zopf zu mir herab und küsste ihn innig. Vik zog mich zu sich und kam ebenfalls an die Reihe. Wir alle atmeten schwer, als ich mich von ihnen löste.

»Was ist mit der Meute? Wird mich das Rudel je akzeptieren?«

Vik setzte zu einer Antwort an, doch da fiel ein Schatten über den Durchgang.

Ragnvald gab uns ein Zeichen. »Die Alphas empfangen euch jetzt.«

Diesmal kam mir der Gang zur Kammer der Alphas kürzer vor. Oder vielleicht brannten auch nur die Fackeln heller. Der Raum, in den Ragnvald uns führte, enthielt vier Throne aus Holz, aber keiner der Alphas saß. Ich zögerte an der Schwelle und umklammerte die Hände meiner Gefährten fester.

»Komm her, Ampfer.« Samuel winkte mich näher. Er lächelte nicht ganz, aber seine Stirn war glatt, seine Züge offener. Zu meiner Verblüffung sank er auf ein Knie, um mit mir zu sprechen. Sein löwenartiges Haupt befand sich auf Augenhöhe mit mir. »Wie fühlst du dich?«

»Es geht mir gut, Herr«, antwortete ich, als Thorsteinn mich stupste. Falls sich die Krieger sorgten, ich könnte mich hier ungebührlich verhalten, war es eine unbegründete Sorge. Aller Kampfgeist hatte mich verlassen, nachdem ich die Runensteine geworfen hatte.

»Es gibt viel zu sagen und noch mehr zu tun. Daher musst du verzeihen, wenn wir uns kurzfassen. Ampfer, du bist von jedem Fehlverhalten freigesprochen. Es steht dir frei, zu gehen.«

»Was ist mit Rosalind?«, fragte ich. »Steckt sie in Schwierigkeiten?«

»Rosalind erholt sich noch. Wenn sie sich an ihre Taten erinnert, bekommt sie vielleicht die Gelegenheit für Wiedergutmachung.«

»Es war nicht ihre Schuld«, sagte ich. »Der Totenkönig hat sie benutzt, ich weiß es. Er ...« Abrupt verstummte ich, als Vik mich zu sich zurückzog.

»Das wissen wir, Ampfer«, murmelte Samuel. »Wir werden nicht zu hart über sie urteilen.«

»Und der Mondstein?«, fragte Thorsteinn.

»Der ist bei den Hexen sicher. Sie versammeln sich hier. Wenn alles gutgeht, marschieren wir bald, um unseren Feind zu stürzen.«

»Die Krieger, die Ampfer angegriffen haben – bleiben sie ungestraft?«, wollte Vik wissen.

»Wir schicken sie in die vorderste Angriffslinie«, erwiderte Samuel.

»Ihre Strafe fällt leicht aus, weil wir sie brauchen«, fügte Ragnvald hinzu.

Thorsteinn knurrte.

»Ist schon gut.« Ich drückte die Hände meiner Krieger. »Der Totenkönig hat genug Unruhe gestiftet. Lasst uns nicht untereinander Krieg führen.«

»Weise gesprochen«, murmelte der tätowierte Alpha.

»Es wäre nicht klug, Ampfer frei auf dem Berg herumlaufen zu lassen, bis der Marsch begonnen hat«, sagte Samuel. »Wir können euch hier eine sichere Zuflucht bieten. Meine Gefährtin kann Unterkünfte ...«

»Nein.« Thorsteinn drehte mich zu sich herum und legte mir die Hände ans Gesicht. »Vertraust du uns?«

Ich nickte. *Schon immer.*

»Was schwebt dir vor, Thorsteinn?«, fragte Ragnvald.

»Alphas, ich habe eine Lösung.« Thorsteinn senkte die Hände auf meine Schultern. »Wenn das Rudel Ampfer nicht akzeptieren will, gehen wir weg.«

»Aber ...« Samuel verstummte kurz. »Wir brauchen euch ...«

»Schick uns weg. Uns alle drei. Wir patrouillieren in den entlegensten Gebieten und kehren erst zurück, wenn der Totenkönig besiegt ist.«

Stille trat ein. Das Mienenspiel der Alphas reichte von nachdenklich bis ungläubig.

»Ihr würdet eure Gefährtin einer Gefahr aussetzen?«, fragte der tätowierte Alpha und wirkte beinah zornig.

»Sie ist gut ausgebildet«, entgegnete Vik.

»Sie wird nicht in Gefahr sein. Sie wird bei uns sein.«

»Sie ist unbestreitbar eine Kämpferin«, meinte Samuel. Vik schmunzelte.

Ragnvald räusperte sich. »Ampfer, bist du damit zufrieden? Willst du mit ihnen gehen?«

»Ja. Sie brauchen mich, damit ich sie beschütze«, erklärte ich.

Vik lachte wieder, und zwei der Alphas stimmten darin ein.

In die Züge des obersten Alphas trat ein Lächeln. »Na schön.« Samuel schwenkte die Hand. »Ruft uns, falls ihr Hilfe braucht. Ich warte auf euren Bericht.«

»Komm«, flüsterte Vik und scheuchte mich zum Ausgang.

»Passt gut auf eure Gefährtin auf«, rief uns Ragnvald nach. »Wir werden sie brauchen, damit sie mit uns kämpft, wenn wir dem Feind gegenüberstehen.«

～

Ampfer

WIR STANDEN an der Grenze und betrachteten die Ränge des Feinds. Unzählige Reihen von *Draugr*, die ihre geifernden Gesichter gegen die magische Grenze pressten.

Vik drückte mir einen Runenstein in die Hand. Der Rest wanderte in einen Beutel, damit ich mich daraus bedienen konnte. Thorsteinn und er nahmen ihre Plätze neben mir ein, Äxte und Schilde gezückt, eigene Bündel auf den Rücken. Die Alphas hatten uns mit Vorräten beladen, die bis zur ersten Patrouillenstation reichen würden, wo Thorsteinn und Vik früher eigene Vorräte angelegt hatten. Der Weg würde lang und beschwerlich werden, aber mit meinen Gefährten an der Seite würde mir nichts passieren. »Ein Abenteuer«, nannte es Vik. »Ein Leben in der Wildnis, wie du es wolltest.« Thorsteinn zerzauste mir die Haare.

»Bereit?«, fragte Thorsteinn. Vik und er rückten näher zu mir.

»Bereit«, rief ich und stürmte mit meinen Kriegern in die Wildnis.

EPILOG

Rosalind

»Rosalind.« Eine kühle Brise wehte über mein Gesicht. Ich schlug die Augen auf und kniff sie angesichts des Pochens in meinem Schädel zusammen.

»Ich bin wach«, krächzte ich. Meine Besucherin war eine große blonde Frau. Sie trug ein weißes Gewand, das die Arme nackt ließ. Ihre Züge waren zu ausdrucksstark, um sie als schön zu bezeichnen, aber als ich ihrem Blick begegnete, konnte ich mich nicht mehr davon lösen. »Warum bist du hier?«

Die vergangenen Tage hatte ich ständig Besuch gehabt. Willkommen war mir davon allein meine Schwester Espe gewesen. Die anderen schienen fest entschlossen zu sein, mir Fragen zu stellen. Ich hatte trotz der rasenden Schmerzen geantwortet, so gut ich konnte, aber ich war keine große Hilfe. Abgesehen von verschwommenen Albträumen entzog sich mir meine Erinnerung.

»Kannst du dich aufsetzen?«, fragte die Frau. »Möchtest du Wasser?«

Ich öffnete den Mund, wollte sie auffordern, mich in Ruhe zu lassen, als sie eine Hand über meine Stirn schwenkte. Sofort ließen die Schmerzen nach.

»Mach das noch mal«, bat ich japsend.

Ein Lächeln hellte die Züge der Frau auf. »Die meisten würden eine solche Verletzung nicht überleben. Du besitzt einen harten Schädel. Oder einen ausgeprägten Lebenswillen.«

Mein Leben war ein einziger entschlossener Kampf ums Überleben. Ich erinnerte mich nicht an viel, aber das wusste ich mit Sicherheit.

»Ich bin Yseult«, stellte sich die Frau vor und setzte sich auf den Rand meiner Pritsche. »Ich bin eine Hexe.«

»Was willst du?«

Statt einer Antwort kramte sie vorn in ihrem Gewand und zog einen schimmernden Stein an einer silbernen Kette heraus.

Meine Augen wurden groß, als mir helles Licht ins Gesicht schien. »Nimm das weg von mir.«

»Erinnerst du dich daran?« Yseult legte die Hand um den großen Stein, verbarg einen Teil der strahlenden Helligkeit. »Alles andere scheinst du vergessen zu haben.«

»Ich erinnere mich an den Stein. Ich musste ihn finden. Aber ich weiß nicht mehr, warum.«

»Die Alphas glauben, du wurdest vom Totenkönig verhext und dazu gebracht, den Stein für ihn zu finden.«

Ich legte mich auf die Pritsche zurück. »Ich weiß. Ginge es mir gut, würde man mich als Verräterin bezeichnen.«

»So hart werden sie mit einer *Holzmouwa* nicht ins

Gericht gehen.« Yseult schwenkte die freie Hand. Der Stein in ihrer anderen Hand gleißte heller, und ich schaute weg. Mein Magen brodelte. »Ich möchte vielmehr erfahren, wie du wissen konntest, wo der Stein zu finden ist.«

»Könnte mich nicht der Totenkönig hingeführt haben?«

»Vielleicht. Aber der Stein besitzt einen eigenen Schutz. Deshalb hat der Feind dich gebraucht, um ihn für ihn zu holen.« Sie öffnete die Hand und betrachtete den Stein mit gerunzelter Stirn. Er tünchte ihr Antlitz in milchiges Licht.

Ich schloss die Augen, bevor meine Kopfschmerzen zurückkehrten.

»Ich hatte Träume«, gestand ich. »Visionen. Ich wusste, wo der Stein sein würde. Aber die Stimme, die mich vom Berg gerufen hat – das war allein der Totenkönig.«

»Nicht nur er. Wärst du vollständig unter seinem Bann gestanden, hättest du den Stein nie gefunden.« Yseult rückte näher. »Nein, Rosalind. Der Hang, den du zu diesem Talisman hast, ist der Schlüssel, nach dem wir gesucht haben.«

Ich fuhr mir mit der Hand über das Gesicht. Ich war so müde. »Was meinst du damit?«

»Auch ich habe Visionen. Meine Hexenschwestern und ich haben hellgesehen, wie man den Totenkönig besiegen kann, aber in jeder Vision kommst du vor.«

Irgendwie überraschte mich das nicht. Ich hatte das Gefühl, dieses Gespräch aus der Ferne zu beobachten, wie ein Vogel, der über mir kreiste, oder wie eine Seherin, die mich in einer Kristallkugel sah. Eine weitere Vision. Ich hatte die Visionen so satt.

Ich leckte mir die Lippen. »Es spielt keine Rolle, was du gesehen hast. Ich bin hier. Ich bin verletzt.«

»Die Alphas werden bald ein Urteil über dich fällen. Sie werden dich zwei Kriegern als Gefährtin übergeben.«

Ich hob die Hand und ließ sie niedersausen. »Sie werden tun, was sie wollen. Deshalb haben sie uns hergebracht – um uns zu paaren.«

»Willst du nicht gepaart werden?«

»Nein. Ich werde nie ...« Ich krallte die Hände in die Felle. »Ich werde nie einem Mann gehören. Niemals. Das gelobe ich.«

»Du willst die Wahl haben.«

»Ja.« Ich sank zurück. »Aber ich habe keine Macht.«

Yseult beugte sich näher. »Du glaubst nicht, dass du selbst über dein Schicksal bestimmen kannst?«

Mein Körper versteifte sich. »Mein Leben lang bin ich ein Spielball gewesen. Und sogar, als ich um Freiheit kämpfen wollte, wurde ich vom Totenkönig benutzt. Er hat mir Schutz versprochen.« Meine Stimme wurde brüchig, als ich gestand, was ich noch niemandem anvertraut hatte. »Mir und meiner Schwester. Wir würden in Sicherheit sein. Wir würden den Berserkern entkommen und frei leben können.«

»Was, wenn es möglich wäre? Wenn du den Totenkönig binden und seine Herrschaft beenden könntest? Die Berserker würden dir alles geben, was du verlangst. Sogar die Freiheit.«

»Es ist nicht möglich. Selbst, wenn ich es wollte, wie könnte ich es mit dem Totenkönig aufnehmen? Dem größten Feind, den die Welt je erlebt hat?«

»Es gibt einen Weg, Rosalind. Ich fürchte, es ist sogar der einzige Weg.«

Ich presste die Augen zu. Die Schmerzen in meinem Kopf waren verschwunden, als hätte es sie nie gegeben. An ihre Stelle trat eine hohle Furcht. Wenn der Totenkönig die Macht übernähme, wäre mein Leben und das meiner Schwester vorbei. Wenn ich hierbliebe, würden wir den

Berserkern als Bräute übergeben. Es gab für uns keine gute Wahl. Die gab es für Frauen selten. »Was müsste ich tun?«

»Meine Hexenschwestern und ich haben einen Plan ...«

Ampfer

»Komm«, rief Vik. Mit hämmerndem Herzen und schmerzenden Beinen raste ich hinter ihm her den Hügel hinauf. Hinter uns hielt Thorsteinn inne, um einen Runenstein auf die uns verfolgenden *Draugr* zu werfen. Die Explosion ließ mich taumeln. Eine Wolke aus Erde und Rauch umhüllte mich. Thorsteinn hob mich hoch und trug mich den Hang hinauf. Ich rieb mir die Augen und hustete ein wenig.

»Danke«, krächzte ich.

»Schon gut.« Er zerzauste mir die Haare und deckte mir den Rücken, als ich Vik folgte.

»Wir sind nah«, sagte Vik. »Es ist gleich hinter der Erhebung.«

»Beeilung«, sagte ich. Meine Kehle schrie nach Wasser und frischer Luft, trotzdem konnte ich mich meines Grinsens nicht erwehren. Seit Tagen marschierten wir durch die Wildnis auf den Hort des Totenkönigs zu, wichen Heerscharen von *Draugr* aus und schliefen unter den Sternen. Vik und Thorsteinn hatten mir von ihrer Patrouillenstation erzählt, einem versteckten, von Bannen geschützten Ort mitten im Herzen des feindlichen Gebiets. Wir waren fast am Ziel, als wir auf das letzte Kontingent von *Draugr* stießen.

»Wie viele Runensteine haben wir noch übrig?«, fragte

Thorsteinn, als wir hinter einer Reihe von Felsbrocken verschnauften.

»Ich nur einen«, antwortete ich grimmig.

»Wir bekommen bald mehr. Vorerst reicht für dich einer.« Er zeigte mir, dass er noch drei hatte, und deutete mit dem Daumen hinter sich, um mich darauf hinzuweisen, wohin ich werfen sollte. Ein Grunzen hinter uns verriet mir, dass uns die *Draugr* dicht auf den Fersen waren.

»Auf mein Kommando«, befahl er. »Eins, zwei, drei ...«

Zusammen richteten wir uns auf und warfen die Steine in die grausigen Reihen der Diener des Feinds. Baalsfeuer gleißte. Ich duckte mich hinter den Felsen zurück, wurde aber sogleich von Vik mitgezogen.

»Los«, sagte er, und wir traten zum letzten Lauf an.

»Vik«, stieß ich keuchend hervor. Ich hatte Mühe, mit ihm Schritt zu halten. Wir hielten geradewegs auf einen riesigen Baum zu. »Was ...«

»Hinauf«, sagte er und rannte die letzten Schritte zu dem mächtigen Stamm voraus. »Schnell.« Er sank auf die Knie und verschränkte die Finger ineinander. Ich beschleunigte und sprang, landete mit dem Fuß in seinen Händen, die einen Auftritt bildeten. Er hievte mich hoch, und ich packte einen Ast, schwang mich so schnell wie möglich nach oben.

»Klettere«, rief er. Und nachdem er kurz seine Waffen überprüft hatte, tat er dasselbe. Ich hangelte mich von Ast zu Ast. Dazwischen warf ich Blicke zurück, um mich zu vergewissern, dass auch Thorsteinn nachkam. Über meinem Kopf lugte ein Bodenbrett aus dem Blätterdach.

»Ein Baumhaus«, flüsterte ich.

»Ja«, bestätigte Vik grinsend.

»Wo ist Thorsteinn?«

Gebrüll ließ den Wald erzittern. Thorsteinn stürmte zwischen den Bäumen hervor, ein Blitz aus schwarzem Fell und Zähnen. Gewaltige Klauen schlugen sich in die Rinde des Stamms, als er loskletterte.

Plötzlich tauchte Vik über mir auf und zog mich auf eine Plattform aus Holz. Ein paar Bretter waren an den Baumstamm genagelt. Sie führten zu einer großen, in das weitläufige Blätterdach eingebetteten Konstruktion. Meine Füße pochten über einen robusten Holzboden, als Vik geradewegs zu einem versteckten Vorrat ging und einen Feuerstein anschlug, um ein Feuer in einem kleinen Kohlenbecken anzuzünden.

»Das ist es?«, fragte ich und drehte mich im Kreis. »Es ist genau wie Yggdrasil.«

»Das ist einer von vielen Yggdrasils«, sagte Vik und grinste über meine Freude. Er ging die Wände entlang und zündete die restlichen Kohlenbecken an. Die Hütte war gut mit Wasserschläuchen, Waffen und Körben voll eingelagerten Lebensmitteln bestückt. »Orte wie diesen haben wir als Verstecke für lange Patrouillengänge gebaut. Hier.« Er warf mir seinen Wasserschlauch zu. »Trink ruhig aus. In der Nähe ist ein Bach. Dieser Baum und die Gewässer in der Nähe sind mit Schutzzaubern versehen, die wir von den Hexen haben.«

Das Wasser lief mir erfrischend die Kehle hinunter und spülte den Rauch und Dreck weg. »Danke.« Ich streckte ihm den Schlauch entgegen. Er ergriff ihn, trank aus und warf ihn beiseite.

»Ampfer.« Seine Zähne blitzten auf, und ich erkannte das verruchte Leuchten in seinen Augen kurz, bevor er sich auf mich stürzte. Seine Hand krallte sich in mein Haar, sein Mund senkte sich begierig auf meinen.

»Vik ...« Ich lachte an seinen Lippen. Mit einem Knurren zog er an meinem Haar und setzte den ungestümen Kuss fort. Seine harte Mannespracht bohrte sich mir in den

Bauch, als er mich rückwärtsschob. Bevor ich fragen konnte, wohin er wollte, fegte er die Beine unter mir weg. Wir fielen auf einen Haufen Felle.

»Vik ...«, versuchte ich es erneut. Er hielt mir die Arme über den Kopf. Sein Bart kratzte über meinen Hals, als er das Gesicht voll wilder Leidenschaft an mich schmiegte. »Was hast du vor?«

»Was glaubst du wohl?« Seine linke Hand hielt meine Handgelenke fest. Damit hatte er die Rechte frei, um sie auf meinen Busen zu legen.

»Nein?«

»Ich bin müde und so schmutzig ...«

»Nicht zu schmutzig.« Er hakte sich mein Bein über den Rücken und senkte sich über mich. »Bist du sehr müde?«

»Nicht zu müde ...«, flüsterte ich und zog sein volles Gewicht an mich. Ein Knurren hinter uns verriet mir, dass Thorsteinn eingetroffen war. Vik und ich hielten inne, als er von seiner Monstergestalt in die eines Kriegers wechselte. Mit leuchtenden Augen kam er auf uns zu.

»Fängst du ohne mich an?«, fragte er mit rauer Stimme.

Vik lehnte sich zurück, damit ich mich aufrichten konnte. Thorsteinn riss mich von den Fellen und hievte mich an sich. Meine Beine schlangen sich um seine Hüften, als er meinen Mund eroberte. Als er den Kuss unterbrach, klang seine Stimme wieder normaler.

»Du hast dich gut geschlagen, kleine Schildmaid.« Er drückte die Stirn an meine.

»Findest du?«, flüsterte ich zurück. Freude durchströmte meinen Körper.

»Oh ja.« Er legte mich zurück, und zwei Paar Hände betasteten meinen Körper, entledigten mich schnell meiner Kleidung. »Und jetzt feiern wir.«

»Das würde mir gefallen«, stieß ich atemlos hervor, als

Vik vor mir auf die Knie ging. Er stützte mein Bein auf seine Schulter und schmiegte sich zwischen meine Schenkel. Thorsteinn schlang einen Arm um meine Taille. Sein Mund knabberte und saugte an der empfindlichen Stelle zwischen meiner Schulter und meinem Hals.

»Hier«, sagte er und schob einen Finger zwischen meine Pobacken.

»Was? Nein!« Ein spitzer Aufschrei entfuhr mir, als Vik mir zart in die Innenseite des Schenkels biss.

»Sei brav, oder wir bauen wieder einen Käfig ...« Sein verruchtes Grinsen jagte einen Anflug von Erregung durch mich.

»Ich werde euch in einen Käfig sperren«, drohte ich und setzte mich gegen die Männer zur Wehr, die mich festhielten. Verspielt und ungestüm rangen wir miteinander, bis sie es beendeten und mich niederdrückten. Thorsteinn beglückte meinen Mund mit seiner Härte, während sich Vik zwischen meinen Beinen vergnügte.

»Woher habt ihr es gewusst?«, murmelte ich später, viel später, nachdem sie mich gewaschen, mit Fleischbrocken gefüttert, festgehalten und erneut genommen hatten.

»Was, Liebes?«, fragte Thorsteinn, während er mit meinen Haarspitzen spielte.

Ich gähnte. »Woher habt ihr gewusst, dass ich mit euch auf Patrouille gehen könnte?«

»Dafür bist du geboren. Das wussten wir von Anfang an, als du im Kloster auf uns geschossen hast. Du wirst lebendig, wenn du in Gefahr schwebst. Wir achten nur darauf, dass dir nichts passiert ...«

Ich verzog das Gesicht, und er küsste meine verkniffene Miene weg.

»Ich dachte, ihr würdet besorgt sein«, gestand ich, als ich wieder sprechen konnte. »Der Nebel hat schon einmal meinen Verstand beeinträchtigt.«

»Wir sind jetzt gebunden. Die Bindung schützt dich so, wie sie unsere Bestien beruhigt. Du hast nichts zu befürchten. Dir wird nichts passieren ... es sei denn, wir beschließen, dir ein bisschen wehzutun.« Sanft setzte er die Zähne an meinem Hals an.

»Und es wird dir gefallen«, versprach Vik und legte sich seinem Kriegerbruder gegenüber neben mich. »Du bist dafür geboren, unser Zeichen zu tragen. Und wir sind dafür geboren, dich zu lieben ...«

Mein Herz schwoll an vor Glück, und ich kletterte auf ihn, um ihn zu belohnen. Draußen wirbelte der Nebel um den Stamm des Baums, und die *Draugr* zogen umher, bewachten das Gebiet des Totenkönigs. Morgen würden wir uns dem Feind stellen und an Wissen sammeln, was wir konnten, um dem Rudel zu helfen. Es würde gefährlich werden, aber ich hatte keine Angst. Ich fürchtete mich vor nichts – solange ich meine Krieger hatte.

KOSTENLOSE NOVELLE

Hol dir ein kostenloses Exemplar von Gezeugt von den Berserkern und Eine Berserker-Geburt, indem du dich für meinen Newsletter anmeldest.

*Der dritte Teil von Daegans, Brennas und Samuels Geschichte. Lies den ersten Teil in **Verkauft an die Berserker** und den zweiten in **Gepaart mit den Berserkern**. Diese Novelle ist kostenlos, ein Geschenk.*

https://BookHip.com/PKRMGC

DIE BERSERKER-SAGA

Verkauft an die Berserker
Gepaart mit den Berserkern
Entführt von den Berserkern
Übergeben an die Berserker
Gefordert von den Berserkern

DIE FRAUEN DER BERSERKER

Gerettet vom Berserker – Hasel und Knut

Gefangen von den Berserkern – Weide, Leif und Brokk

Verschleppt von den Berserkern – Salbei, Thorbjorn und Rolf

Gebunden an die Berserker – Laurel, Haakon und Ulf

Berserker-Nachwuchs – die Schwestern Brenna, Sabine, Muriel, Fleur und ihre Gefährten

Die Nacht der Berserker – die Geschichte der Hexe Yseult

Eigentum der Berserker – Farn, Dagg und Svein

Gezähmt von den Berserkern – Ampfer, Thorsteinn und Vik

Beherrscht von den Berserkern

EBENFALLS VON LEE SAVINO

Der Soldat, der mich verführt

Ihre Daddys – zwei Rivalen

Die Schöne und die Holzfäller

Unschuld mit Stasia Black (Eine dunkle Liebesgeschichte)
Das Erwachen (Unschuld 2)
Königin der Unterwelt: Eine Dunkle Liebesgeschichte
(Unschuld 3)

Die Gefangene des Biestes: Eine dunkle Romanze (Die Liebe des
Biestes 1)
Die Rache des Biestes: Eine dunkle Romanze (Die Liebe des
Biestes 2)

Draekons mit Lili Zander (Eine Sci-Fi Dreierbeziehung
Romanze)
Draekon Krieger

Draekon Eroberer

Drachen im Exil:
Draekon Gefährtin
Draekon Feuer
Draekon Herz
Draekon Entführung
Draekon Schicksal
Tochter der Dragons
Draekon Fieber
Draekon Rebellin
Draekon Festtag

Bad Boy Alphas
Alphas Versuchung: Eine Milliardär-Werwolf-Romanze

DIE AUTORIN

Lee Savino ist *USA Today*-Bestsellerautorin. Außerdem ist sie Mutter und schokosüchtig. Sie hat eine ganze Reihe von Büchern geschrieben, die alle unter die Rubrik »smexy« Liebesgeschichten fallen. *Smexy* steht dabei für »smart und sexy«.

Sie hofft, dass euch dieses Buch gefallen hat.

Besucht sie unter:
www.leesavino.com

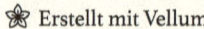 Erstellt mit Vellum